ORIENTAL FANTASY STORY & ADVENTURE

魔劍王

마검왕 20

dream
books
드림북스

마검왕 20 교국(敎國)

초판 1쇄 인쇄 / 2015년 3월 2일
초판 1쇄 발행 / 2015년 3월 9일

지은이 / 나민채

발행인 / 오영배
책임편집 / 편집부
펴낸 곳 / (주)삼양출판사 · 드림북스

주소 / 서울시 강북구 도봉로 173
대표 전화 / 02-980-2112 팩스 / 02-983-0660
편집부 전화 / 02-980-2116 팩스 / 02-983-8201
블로그 / blog.naver.com/dreambookss

등록번호 / 제9-00046호
등록일자 / 1999년 3월 11일

ISBN 979-11-313-0215-6 (04810) / 978-89-542-3036-0 (세트)

* 지은이와 협의하에 인지는 생략합니다.
* 잘못된 책은 구입한 곳에서 바꾸어 드립니다.

이 도서의 국립중앙도서관 출판시도서목록(CIP)은 서지정보유통지원시스템홈페이지
(http://seoji.nl.go.kr)와 국가자료공동목록시스템(http://www.nl.go.kr/kolisnet)에서
이용하실 수 있습니다. (CIP제어번호: 2015006188)

마검왕

魔劍王

나민채 퓨전무협 장편소설

ORIENTAL FANTASY STORY & ADVENTURE

20

교국(敎國)

dream books
드림북스

목차

제1장

암제(暗帝)

"삼황(三皇). 그자들이 개입했다."

그래도 목목노옹은 입을 열지 않았다.

뿐만 아니라 두 눈을 지그시 감고 고개도 떨어트린 상태였으니, 마치 제 목을 베어 달라는 것처럼 보이기도 한다.

삼황이 언급되던 순간부터 완전히 입을 다물어 버린 그였다.

"사천에 나타났다 하더군."

그렇게 말하며 목목노옹을 쳐다봤다.

내 예상과 조금도 다르지 않게도, 그가 놀란 얼굴을 번쩍 들며 나를 쳐다봤다.

"사천…… 에 말이옵니까."

"본교는 사천과 섬서를 넘지 않았다. 그런데도 그자들
이 모습을 드러냈지."

그럴 리가 없을 텐데…….

목목노옹이 그런 얼굴로 눈동자만 굴렸다.

"흥! 네놈이 대단한 걸 알고 있는 것 같이 굴어서 살려
두었지만. 지금, 네놈 얼굴이 말해주고 있구나. 네놈을 살
려둘 이유가 없군. 네놈이 아는 것이라고 해봤자 별것 없
고, 또 그것들마저도 틀린 것들이겠지. 지금처럼."

"소, 소인은……."

"본 교주의 배려였다. 왜 죽는 지나 알고 가라는 것이
었지."

몸을 일으켰다.

그러자 목목노옹의 입술 사이로 절규에 가까운 외침이
터져 나왔다.

"혈마군의 위세가 실로 대단하여 삼황이 놀란 것이옵
니다! 중원으로 들어가지 못하게 막기 위함인 것이지, 사
천을 보호하기 위해 나타난 것은 아닐 것이옵니다. 제
발……."

목목노옹을 싸늘한 눈길로 내려 보다가 다시 그 앞에

앉았다.

목목노옹이 죽다 살아난 얼굴이 되어서, 가쁜 숨만 쌕쌕하고 쉬었다.

"그 작자들에 대해 아는 대로 고해야 할 것이다."

"교주님의 하문(下問)에 답을 드리기 위해서는, 교주님께서 삼황을 어찌 아시는 것인지……."

목목노옹의 물음에 불타고 있는 본산의 정경이 뇌리를 스치고 지나간다.

그다음으로 어디선가 신음소리가 환청처럼 들리는데, 이역만리 이집트 땅에서 운하를 파면서 교도들이 냈던 소리였다.

마지막으로 흑웅혈마의 얼굴을 받쳐 들었을 때의 무게감이 손바닥 위로 어른거렸다.

전 시간대에 본교는 멸교(滅敎)를 당하고 십만 교도들이 하루하루 지옥에서 신음하며 가족을 잃어야만 했다.

물론.

내 책임이 제일 크다.

내가 자리를 비운 사이에 이쪽 세상의 시간이 흘러가버리고 말았으니까. 그토록 긴 시간 동안 이쪽 세상에 무심했던 내 책임을 통감한다.

그렇지만 삼황(三皇)!

그 작자들은 실질적으로 본교를 짓밟은 자들이며, 이번에도 본교의 앞길을 막으며 모습을 드러냈다.

그쯤에서 생각을 떨치며 눈을 치켜떴다.

잔뜩 겁을 먹은 목목노옹의 얼굴이 보였다.

꿀꺽.

쭈글쭈글한 피부 위로 볼록 솟아있던 그의 성대가 크게 움직였다.

"그리도 기이한 일이더냐. 본 교주가 그 작자들을 알고 있는 것이?"

"아, 아니옵니다."

아무 말 없이 놈을 바라보기만 했다.

놈이 견디다 못해 입을 열었다.

"……삼황(三皇)의 존재를 아는 이는 만천하에 오로지……. 천자(天子)뿐이옵니다."

"네놈이 대국 황제라는 소리냐?"

"그게 소인은 어쩌다가……."

삼황은 모습을 드러낸 적이 단 한 번도 없었다.

비단 당대(當代)뿐만이 아니라, 무림 역사를 통틀어 그랬다.

한마디로 세 작자의 등장은 갑자기 불쑥 나타난 UFO와 같았다.

그런데 오로지 대국 황제만이 그들의 존재를 알고 있다 라?

더욱이 옥제황월이 죽었을 때에도, 반천하가 본교의 수중에 들어왔을 때에도 모습을 드러내지 않았던 작자들이었다.

그런 그들이 '진짜 중원'인 호북이 위기에 처했을 때 모습을 드러냈다.

마치 유명 코믹스의 히어로처럼. 크큭.

"목목노옹."

눈동자만 데굴데굴 굴리고 있는 늙은 노인의 어깨에 오른손을 올렸다.

목목노옹이 몸을 흠칫 떨었다.

"본 교주의 마음이 바뀌었다. 네놈을 죽일까 했는데, 본 교주가 직접 네놈을 심문해야겠구나."

화르륵.

내 몸에서 뻗친 기풍(氣風)이 사방으로 불어나갔다. 그 독살스러운 기운이 목목노옹의 전신을 찔러 들어가기 시작했다.

그의 얼굴이 점점 일그러지다가, 어느 한순간에 이르러서 피를 와락 토해냈다.

그리고는 더는 없을 고통스런 얼굴로 온몸을 부들부들

떨어댔다.

"소인은 모든 것을 고하기로 하였사옵니다. 살려만 주시옵소서."

"노옹."

"예."

"네놈은 어리석지 않다. 하면 이번이 네놈이 살 수 있는 마지막 기회라는 것을 모르지 않을 테지. 어디 한 번 고해 보거라."

"천…… 천……. 천황(天皇), 지황(地皇), 인황(人皇). 그렇게 통틀어 삼황이옵니다. 그들도 스스로를 삼황이라 부르고……."

"부르고."

"중원의 수호자라 여기며."

"그렇겠지."

"천자(天子)의 명을 받지 않는 자들이었사옵니다."

"만난 적이 있던 것처럼 말하는구나."

"예. 소인. 소싯적에 불로초(不老草)를 찾아 천하 영산들을 헤매다, 우연히 삼황 중에 인황(人皇)과 대면한 적이 있었사옵니다."

목목노옹이 눈동자를 위로 굴리며 당시를 회상하기 시작했다.

"불로불사 세 가지 방법으로 단(丹), 초(草), 공(功)이 있사온데, 이십여 년 전 소인은 불로초를 찾아 소오태산에 있었사옵니다. 그리고 그 영산에서 어느 날 꿨던 꿈속에서 인황을 만났사옵니다."

"꿈속?"

"부…… . 부디 소인의 말을 끝까지 들어주시옵소서. 끝까지 들어주시고 소인이 허황된 말을 한다 싶으시면 그때…… ."

"계속해 보거라."

"감, 감사하옵니다. 소오태산을 호환(虎患)에 당하면서까지 일 년을 넘게 헤매고 다녔지만, 불로초는커녕 산삼하나 찾지 못했던 어느 날이었사옵니다."

"계속."

"그날도 곤한 몸을 이끌고 동굴 속에서 자는데, 그날 소인은 인형삼(人形蔘)을 캐내는 꿈을 꿨사옵니다. 비록 꿈속에서라도 불로초로 추정되는 인형삼(人形蔘)을 찾아 너무도 기뻤사옵니다. 그때 소인은 몽중(夢中)이란 것을 깨달았지만 그래도 기쁨이 가시지 않았사옵니다. 꿈속에서 인형삼을 캐낸 곳이 어디쯤인지 알 것 같았고, 일어나는 대로 그곳에 가면 분명 인형삼을 캐낼 수 있으리라는 확신이 있었사옵니다. 그러니까 그 꿈은 신몽(神夢)이었사옵니다."

그가 침을 삼켜 넘기며 계속 말했다.

"그런데 꿈에서 깨기 전에, 삿갓을 쓴 한 사내가 소인에게 다가오는 것이 아니겠습니까. 교주님께서도 눈치채셨다시피, 그자가 인황이었사옵니다."

"꿈속에서 만났다라."

"예. 예. 인황은 제게 인형삼을 요구하였고 소인은 당연히 거부하였사옵니다. 그러자 소인이 불로불사를 쫓지 말아야 하는 이유들을 말하면서, 소인에게서 인형삼을 빼앗아 가버렸사옵니다."

"이유가 무엇이라 하더냐."

"그 긴 이야기들은…… 한마디로 소인이 천기를 어지럽히고 중원의 운을 쇠하게 하고 있다는 것이었사옵니다."

"그리고 네놈은 그 꿈을 완전히 믿고 있고?

"꿈에서 깨자마자 그 자리를 찾아가 보았는데, 역시나 바로 직전에 삼이 캐진 흔적이 있었사옵고, 저 먼 봉우리로 사라지는 인황의 뒷모습을 볼 수 있었사옵니다."

"재미있군."

목목노옹은 진실을 말하고 있다.

정말 오랜 세월이 흘렀으나, 그의 눈빛과 목소리에는

분개한 감정이 여전히 남아 있었다.

"그러니까 네놈은 인형삼을 강탈당하는 과정에서, 삼황의 존재를 알게 되었다는 말이냐."

"그러 하옵…… . 흡!"

목목노옹이 대답하다가 놀라 숨을 들이켰다. 나와 눈이 마주쳤기 때문이었다.

"본 교주가 그따위 것을 알고 싶어 하는 것 같으냐?"

"하……. 하오면."

"네놈은 본교의 대군이 사천과 섬서 너머로 향해서는 안 된다고 확신에 차서 말하였다. 그리하면 본 교주가 아무것도 얻지 못하고 쫓기다시피 사막으로 돌아가게 될 거라 하였지."

"죽, 죽을죄를 지었사옵니다. 소인이 너무 급한 나머지."

"삼황의 무엇을 보고 그리 말한 것이냐. 거짓 없이 고하라."

"소인이 인황과 마주했을 때, 그가 천기(天氣)를 다스리는 상제(上帝)의 장군이라는 것을 느낄 수 있었사옵니다."

"그것뿐이냐?"

"…… ."

"상제? 하하하!"

내 웃음소리가 지하 감옥 전체에 쩌렁쩌렁 울렸다.

"네놈 같은 말코도사들이야 하늘 위에도 나라가 있고, 황제가 있으며 여러 장군들이 있다고 믿고 있겠지만……. 네놈도 어지간하구나! 정녕 그뿐이더냐? 삼황이 중원을 지키기 위해 상제가 내려 보낸 장군들이라?"

"필시 인세(人世)의 사람들이 아니오옵니다. 상제의 관리들이옵니다."

"네놈이 믿었던 이유가 그것뿐이라면 되었다. 별일도 아니었군. 네놈 말대로 인세의 사람들인지 아닌지는 겨뤄 보면 알겠지."

삼황 중 인황.

그가 꿈속에 나타나 의사를 전달했다던 그 능력은 눈여겨볼 만하다.

초자연적인 그 능력 자체만 보자면.

목목노옹이 믿는 것처럼 하늘의 관리들이나 우화등선(羽化登仙)한 신선들만이 부릴 수 있는 초능력으로만 보일지도 모른다.

그러나 이슬람 제국에서 할라, 특히 의식을 관조하는 세 번째 눈의 극의를 겪어본 나로서는 고개가 설레설레 저어질 수밖에 없다.

비록 흑천마검의 힘을 빌려서였지만 나는 미래를 보았

다.

수만 명의 의념을 일시에 읽기도 했으며, 그들의 과거
를 보기도 했다.

특정 대상의 꿈을 통해 의사를 전달하는 것쯤이야 세
번째 눈이 일정한 경지에 이르면, 가능한 수많은 초자연
적인 일 중의 하나에 불과하다.

인황이 목목노옹에게 보여줬던 능력도 세 번째 눈의 범
주에서 크게 벗어나지 않으리라.

상제의 장군?

하늘의 관리?

웃기는 소리.

삼황.

그 작자들은 그저, 본교의 적일뿐이다.

           *   *   *

청성산과 아미산을 일자(一字)로 이었을 때, 그 중간쯤
에 서안이 있다.

섬서성의 도읍인 서안과 동명(同名)이면서도, 규모는 비
교가 안 될 정도로 협소하다. 거의 일개 씨족 부락에 가깝
다.

그럼에도 불구하고 전 시간대에서 우리는 그 서안을 적들보다 먼저 점령하였기에, 사천성에서 맞수를 이룰 수 있었다.

왜냐하면 서안 그 자체로는 별 볼 일 없다 해도, 아미산과 청성산을 놓고 봤을 때 사천의 세 손가락 안에 드는 전략적 요충지였기 때문이다.

하지만.

이번 시간대에서는 그렇지 않다. 진작에 청성산을 함락했다.

내가 서안에 도착했을 때.

그 조그마한 도시는 완전히 포위되어 있었다.

마치 여산전투에서 그러했던 것처럼 팔방(八方)으로 붉은 물결이 일렁거리고 있었던 것이다.

하지만 느낄 수 있었다.

군영(軍營) 전체에 드리우고 있는 패배감을……

휘이익.

탁!

포물선을 그리며 군영 중심으로 떨어져 내렸다.

"천유양월 천세만세 지유본교 천존교주 독보염혈 군림천하 천상천하 지상지하 광명본교!"

놀라서 절을 하는 교도들을 뒤로 하고 막사 안으로 들

어갔다.

혈귀(血鬼)의 얼굴이 그려진 장막이 걷어지는 순간, 한쪽 무릎을 꿇으며 고개를 조아리고 있는 흑웅혈마의 모습이 보였다.

그가 나를 기다리고 있었다.

"소마, 혈마일군 총대장, 이장로 흑웅혈마가 교주님을 뵈옵니다."

일단 흑웅혈마는 다친 곳이 없었다.

그 모습에 안도했지만 나는 내색하지 않으며 상석으로 가 앉았다.

흑웅혈마가 천천히 허리를 세웠다.

"아직까지 성도를 점령하지 못한 것은 모두, 소마의 불찰(不察)입니다."

색목도왕이 섬서성 도읍을 점령하고 산서, 하남, 호북 등 삼성(三省)의 경계면으로 군사를 보낸 사실을, 흑웅혈마가 모를 리가 없었다.

전투에서 세운 공로로 치자면 그는 색목도왕에 비해 상당히 뒤떨어진 셈이 되었다.

물론, 흑웅혈마가 내 얼굴을 똑바로 쳐다보지 못하는 이유는 그것 때문만은 아니었다.

"겨뤘었다지?"

흑웅혈마는 잠깐 말이 없어졌다.

완전히 구겨진 이맛살에서 그가 어떤 모욕을 당했는지, 굳이 보지 않아도 알 것 같았다.

하나 다친 곳 없는 그의 상태가 그것을 증명하고 있었다.

고개가 설레설레 저어졌다.

"말하기 민망할 정도였느냐?"

"……소마가 본교의 위신을 실추시켰습니다."

"어떻게 된 일이냐."

악물려 있던 흑웅혈마의 입이 천천히 열리기 시작했다.

즉, 이랬다.

이전 시간대에서처럼 청성파가 살아서 아미파와 사천당가와 연맹을 꾸리고 있다면 모를까, 지금의 사천성 서안은 염씨 일가들만 조그맣게 모여 있는 작은 도시에 불과했다.

관리는 병사와 백성들을 위해 현명한 판단을 내렸다. 항복의사를 전하고 성문도 열었다.

그러던 그때 삿갓을 쓴 청색 도복의 노(老)고수가 나타났다고 한다.

그가 나타나서 모두에게 고하길.

"'노부가 너희 외인(外人)들이 들어오는 것을 막을 수

없듯이, 너희 또한 노부를 내보내지 못할 것이며. 노부가
너희들 때문에 이곳에 발이 묶였듯, 너희 또한 어디로든
가질 못할 것이다.' 라고 하였습니다."

고개가 끄덕여졌다.

그자가 원하는 것이 무엇인지 알 것 같았다.

"그리고 그자의 말대로 되었다는 것이냐?"

"예."

"그자는 혼자였고?"

"……예."

흑웅혈마가 너무도 부끄러워서 어쩔 줄 몰라 하며 간신
히 대답했다.

무림인으로서도 그렇고 정예병 오만을 지휘하고 있는
장수로서도 그렇다.

대군을 이끌고 있으면서도 단 한 명 때문에 이러지도
저러지도 못하게 된 작금의 상황이라면, 백 번 부끄러워
할 일이 분명하다.

나는 더 자세히 말하길 요구했다.

"예."

안으로 들어가면 치고 빠지는 식으로 원숭이처럼 날뛰
는데, 무공이 하늘에 닿을 만큼 너무도 높아 잡을 수 없었
고.

이 작은 염씨촌을 무시하고 가자니, 가는 길목마다 번개처럼 나타나서 한바탕 휘젓고 도주하는 통에 희생자만 늘어났다는 말들이 이어졌다.

"그리고 그자가 성도에서 당가와 아미로 이어지는 사천 정도 무림에 합류하는 것보단, 본좌가 올 때까지 여기에 묶어두는 게 낫다고 판단한 것이냐?"

흑웅혈마는 옥제황월이 사라진 지금, 그자가 정도 무림의 새로운 구심점이 될까 봐 염려했던 것이다.

"예."

패전노장(敗戰老將)이 스스로를 계속 자책하고 있었다.

"그러는 도중에 그자와는 몇 번 겨루었느냐?"

"여……섯 번 겨루었습니다."

여섯 번!

아…….

거기서 할 말을 잃어버렸다.

자부심 강한 흑웅혈마가 혀를 깨물고 자결하지 않은 것이 용했다.

혈마일군의 총지휘관이라는 책무가 없었더라면, 전쟁 중이 아니었다면, 어쩌면 그를 잃었을지도 몰랐다.

더욱이 지금의 흑웅혈마는 삼영회연대진 이후로 비약적인 성취가 있지 않았던가.

더 이상 묻지 않아야겠다고 생각했는데, 흑웅혈마가 침음을 삼키며 말을 이어나갔다.

"일전에 교주님께서 소마에게 내리신 임무를…… 이제야……."

흑웅혈마는 장막 밖을 꿰뚫어 보듯이 오른쪽으로 고개를 돌리며 말했다.

"암제(暗帝)가 저기에 있습니다. 교주님."

"그대가 앞장서라. 본 교주가 교도들의 복수를 하겠다."

그러나 흑웅혈마는 곧바로 대답하지 못했다.

그는 아닌 척하고 있지만, 분명히 잠깐 망설였었다.

"사귀사마 팔단 전원을 불러들이겠습니다."

흑웅혈마가 그렇게 말하는 저의야 뻔했다.

만약 내가 진다면?

지는 것을 넘어서 목숨을 잃게 된다면?

특히 지난 십 년간 교좌가 공석으로 있을 때 본교가 어떠했는지 누구보다 잘 아는 흑웅혈마였기에, 나는 그를 탓할 생각이 없었다.

"전쟁…… 이옵니다. 교주님."

흑웅혈마가 한 마디 덧붙였다.

"그대가 무엇을 염려하는지 모르는 바 아니다. 허나 절정 대 절정의 싸움이다."

"사귀사마 팔단은 필시 교주님께 도움이 될 것입니다."

"본 교주가 그것을 모를 것 같으냐. 얻는 이득보다 손해가 더 크다는 것이다. 완전히 죽일 수 있다는 확신이 있다면 모를까, 구태여 팔단이 큰 희생을 치룰 필요가 없다. 앞장서라."

흑웅혈마가 잠깐 고민하다가 바로 알겠노라고 대답했다.

흑웅혈마와 함께 막사에서 나왔다.

이쪽으로 몰려있는 시선들이 느껴졌다.

대(大) 혈마군이 단 한 명 때문에 진군을 멈추고, 모두가 보는 앞에서 서열 2위인 일장로 흑웅혈마가 여섯 번의 대결에서 모두 패했다.

상대야 압도적인 무공으로 흑웅혈마를 해치지 않았다지만, 이쪽에서는 모욕으로밖에 받아들일 수밖에 없는 일이었다.

그 광경을 모두가 봤단다.

얼마나 큰 패배감과 분노가 팽배해져 있었던지.

나를 바라보는 시선들이 한없이 뜨겁기만 했다. 불덩이 하나하나가 합쳐져서 거대한 화신(火神)을 이루고 있었다.

나는 이들에게 비전을 보여줘야 할 책임을 가지고 있

다.

교도들이 진정 바라는 것이 무엇인지 수에즈 운하에서 느꼈다.

그래서 모두가 들을 수 있도록 내력을 담아 외쳤다.

"암제 따위가 본교의 영광을 막을 수 있을 것 같으냐! 본좌가 너희들의 복수를 하리라."

와아아아!

환호성이, 36자 교언이, 위대한 혈마의 이름이 사방에서 터져 나왔다.

흑웅혈마가 앞장서서 솟구쳐 오르고, 내가 그 뒤를 바짝 따라 붙었다.

우리는 성문이라고 말하기 민망한 작은 목책 앞에 내려섰다.

대국 병사가 구부정히 앉아있던 몸을 일으켰다.

심드렁해진 그의 시선에, 나는 황당했다.

너무도 황당해서 화보다도 의아함이 먼저 들었다.

공력을 완전히 발출하고 있는 것은 아니었어도 우리에게서 자연스럽게 흘러나오고 있는 기운이라면 누구든 위압 들고 눈을 마주칠 수 없어야만 했다.

헌데 우리 앞의 졸병(卒兵)은 그렇지 않았다. 우리를 똑바로 쳐다보고 있다.

심드렁해진 녀석의 눈이 이렇게 말하고 있었다.

너희들이 오면 어쩔 건데?

사람의 정신은 이렇게 대단하고 신묘하며 어리석다.

녀석도 흑웅혈마가 속절없이 패했던 그 대결들을 본 것이겠지.

그래서 흑웅혈마를 가볍게 보고 있다.

마치 자신이 암제라도 되는 것처럼 말이다.

"……죄송합니다. 교주님. 모두 소마의 책임입니다."

흑웅혈마가 분노로 몸을 부들부들 떨면서 천천히 몸을 돌려 말했다.

나도 화가 치밀어 올랐다.

흑웅혈마가 몸을 돌리는 순간, 위에서 아래로 번쩍인 일장(一掌)이 졸병의 정수리를 내리쳤다.

파악!

졸병의 얼굴에 난 구멍 전체에서 피가 터졌다.

졸병이 실 끊긴 꼭두각시처럼 주저앉았고, 지면에 코를 박고 쓰러져 미동도 하지 않는다. 그렇게 죽었다.

그때 목책 뒤의 군영에서 창을 든 졸병들이 슬금슬금 기어 나왔다.

"이, 이 사태를 무림 고수분께서 간과하지 않으실 겁니다."

졸병 대장이 목책 뒤에 숨어 말했다.

고개를 돌리자, 분노와 수치심에 사무쳐서 어쩔 줄 몰라 하고 있는 흑웅혈마의 옆모습이 시선 안으로 들어왔다.

"흑웅혈마."

"……예."

"왜 가만히 있느냐. 저것들이 본교를 업신여기고 있지 않느냐."

바로 그 순간.

흑웅혈마의 눈빛이 변했다. 검은 기운이 내 옆을 스치고 지나갔다.

본시 흑웅(黑熊)이란 검은 곰을 뜻한다.

몇 날 며칠을 굶은 곰.

아니, 눈앞에서 새끼를 잃어 이성을 잃은 흉폭한 곰.

그것도 아니라면 인육을 맛본 살인 곰.

쏜살같이 날아간 검은 그림자가 목책을 넘었던 그때, 주인 잃은 사지와 목들이 시뻘건 핏물들과 함께 허공으로 튀어 올랐다.

무슨 일이 터졌나, 하고 저 안쪽에서 달려오던 병사들

은 기겁하며 도망쳤다.

　그르렁. 그르렁.

　나는 흑웅혈마의 그 숨소리만이 남은 그 공간 안으로 걸어 들어가 외쳤다.

"누가 암제냐!"

　　　　　*　　　*　　　*

　삐익삐익.

　그러나 들려오는 소리라고는 호각소리가 전부였다.

　암제는커녕, 무림인으로 보이는 누구 하나 모습을 드러 내지 않았다.

　성문 안으로 졸병들이 호각을 불어대면서 열심히 뛰어 다니는 모습들이 보였다. 하지만 주민들을 향한 것도, 그 렇다고 병사들을 모으는 소리도 아니다.

　마치 배트맨을 부르기 위해 서치라이트 켜는 고담시의 경찰들처럼, 그 작자를 애타게 찾고 있는 게 분명했다.

　한 번 더 암제의 이름을 외쳤다.

　바쁘게 뛰어다니던 졸병들이 일순간 얼어붙을 정도로 거대한 소리가 도시 전체를 때렸음에도 불구하고, 암제는 끝까지 나타나지 않았다.

그만한 기운도 느껴지지 않았다. 놈은 도시를 떠난 것이다.

확실해졌다.

"사라져 버렸군."

"이 비열한……."

흑웅혈마는 차마 말을 끝까지 잇지 못하고 온 얼굴을 일그러트렸다.

나도 흑웅혈마 못지않게 화가 치밀었다.

흑웅혈마와 혈마군에게 씻을 수 없는 모욕을 남긴 채, 하하 웃으면서 떠났을 놈을 생각하니 특히 그랬다.

암제가 내가 두려워 도망쳤다는 소문이 파다하게 퍼지고 있을 때, 서안의 관리는 이 혈마교주 앞에서 벌벌 떨고 있었다.

그가 변명한다.

진작에 항복 의사를 전했고, 실제로도 항복을 한 상태였다.

갑자기 개입한 무림인과는 평소에 연(緣)이 없었을 뿐만 아니라, 그가 본교에 대항하도록 사주한 일은 결코 없다.

정말로 억울하다.

그런 변명들이 주를 이루었다.

하지만 암제의 신위를 믿고 태도를 돌변했던 것이 분명
한바, 나는 그를 즉결 처형시켰다.

그런 다음 군영을 돌면서 군사들에게 얼굴을 비췄고,
혈마군 부장들을 한데 모아 성도로 출진할 준비를 마치게
끔 했다.

*　　　*　　　*

암제는 내가 당도하기 무섭게 사라져 버렸다.

또한 흑웅혈마와 여섯 번 대결에서 모두 흑웅혈마를 해
치지 않았고, 혈마군에도 그가 할 수 있는 최소의 피해만
입힌 것으로 보였다.

그것이 말하는 뜻은 명백하다.

암제 혼자만의 생각인지, 아니면 삼황 측의 단합된 의
지인지는 모르겠다만.

어쨌든 그 작자 혹은 그 작자들은 본교를 자극하지 않
기 위해 노력하고 있는 것 같다.

흑웅혈마와 혈마군이 모욕을 받았다.

그래도 흑웅혈마를 죽이고 혈마군에게 큰 피해를 입힌
것보단 비교적 나았다.

그랬다면 그 작자들은 나와 교도들의 분노를 감당해야

만 했을 것이다.

우리는 반 천하에 그치지 않고 중원 안으로 진격했을 것이며, 큰 희생을 치르면서라도 분노를 풀고자 했을 것이다.

즉, 그 작자가 그렇게 하지 않은 데에는 합의(合意)를 염두에 두고 있기 때문이라고밖에 볼 수 없다. 그리고 그 합의라고 해봤자 사천과 섬서를 넘지 말아라, 수준일 게다.

그러나 애초부터 삼황은 모습을 드러낼 필요가 없었다. 그 작자들은 큰 실수를 했다.

본교는 '진짜 중원' 안으로는 들어갈 계획이 없었다.

그 작자들이 그렇게 우려했던 일은 처음부터 내가 막아두고 있었다.

그것은 반 천하에 새로운 나라, 교국(敎國)의 기반을 세운 이후로 예정된 일이었다.

지금 기세가 높다 해서 저 동쪽 깊숙이까지 도모하기에는, 정말로 많은 희생과 국운을 건 제로섬 게임을 각오해야 한다는 것을 잘 알고 있었다.

삼황도 이를 예상할 수 있었을 텐데도, 사천에서 모습을 드러냈다.

실제로 전 시간대에서 반 천하가 본교의 수중에 들어올 때까지도 존재를 드러내지 않았던 그들이었지 않았던가.

그런데 나타났다.

혈마군의 파죽지세에 깜짝 놀라서 진짜 중원도 아닌, 그들이 방관하던 사천성 지역에서 나타났다.

물론 드러낸 신분이 중원의 수호자 삼황이 아니라, '암제'라고 하는 기존에 가지고 있었던 무림인 신분이었지만 말이다.

이왕 모습을 드러냈으면 그렇게 시간만 버는 식으로 소극적인 개입을 하는 것이 아니라, 정도 무림을 규합하고 황군과 연계하여 본교에 대항하는 등 적극적인 개입을 했어야 했다.

얻은 것이라고는 약간의 시간뿐이지 않은가?

애초에 그것이 그 작자들의 목적이었으니 만족하고 있을 테지만.

결과론적으로 달라진 것이라고는, 혈마일군의 사천성 점령이 칠 일 미뤄졌다는 것밖에 없다고 보일지도 모른다.

그러나 그 작자들은 인지하지 못하겠지만 사실 큰 것을 잃었다.

이슬람 제국에서 나는 어땠던가.

흑천마검과 합일해서 날아간 바그다드는 어떻게 되었던가. 또 흑천마검이 말해줬던 '인식하지 못하는 과거'에서, 나는 나샤마의 군대 이만 명을 몰살시키고 동귀어진 했던 적이 있기도 하지 않았던가.

단 일인(一人)이 대군을 옴짝달싹 못 하게 만들었다고 해서, 터무니없는 괴상한 세계라고 치부하기에는 나 자신부터가 다른 게 없었다.

이 세계는 그런 곳이다.

그렇기 때문에 역설적이지만, 삼황은 옥제황월과 더불어 반드시 제거되어야만 하는 것들이다.

이번에 더욱 분명해졌다.

바로 이것이 그 작자들이 크게 잃은 무엇이다.

막연한 '화근'에서 제거해야만 하는 '대상'이 되었다.

그것은 우리가 그들로부터 모욕을 받았기 때문만도 아니고, 전 시간대에서 그들이 본교를 공격했기 때문만도 아니다.

바로 본교와 교도들의 미래를 위해서, 나는 그 작자들을 제거할 것이다.

* * *

원래도 그렇게 말수가 많지 않은 노인네였는데, 이세는 내가 묻지 않고서는 먼저 입을 여는 법이 없어졌다.

흑웅혈마는 눈앞에 암제를 두고 있는 것처럼, 정면을 노려보면서 말을 몰고 있는 중이었다.

이윽고 사천성의 도읍인 성도로 통하는 직로(直路)가 또렷해질 무렵.

한 무리의 비구니들이 길 한가운데에서 우리를 기다리고 있었다.

그들의 정체를 모를 리가 없던 흑웅혈마는 비구니들을, 지옥에서 기어 나온 나찰 같은 표정으로 노려보았다. 그 얼굴로만 보자면 달려나가 보이는 족족 그대로 목을 비틀어버릴 기세였다.

그러나 비구니들에게서 전의가 느껴지지 않았기에 흑웅혈마는 뛰쳐나가지 않고 있었다.

늙은 여승과 그녀의 제자들이 혈마군에 의해 거의 끌려오다시피 인솔됐다.

흑웅혈마 옆.

이미 늙은 여승의 단호한 제지가 있었던지, 혈마군의 거친 인솔에도 어떤 비구니도 불만을 토로하지 않았다.

다만 뾰족하게 노려만 볼 뿐.

"아미타불."

그렇게 말문을 연 늙은 여승은 그녀가 복호사(伏虎寺)에서 온 소허라고 밝혔다.

아미파는 아미산 금정봉의 복호사에 근거지를 두고 있다. 그러니까 그녀가 아미파 장문인 소허 사태였다.

나는 계속 진군하던 속도 그대로 아미파 장문인의 옆을 스쳐 지나갔다. 아미파에서 나온 비구니 몇 때문에 진군을 멈출 수는 없다.

아미파 장문인이 발을 빠르게 놀리며 내 옆으로 따라붙으려 했다.

지척에 있던 대행혈마단이 그런 그녀를 가로막았고, 흑웅혈마도 못마땅한 얼굴로 아미파 장문인을 내려 보다 입을 열었다.

"복호사에서 기다리시오. 사태. 우리가 찾아갈 터이니."

서안을 떠나온 지 만 하루 만의 일이었다.

그러는 와중에도 우리는 빠른 속도로 나아가고 있었고, 아미파 장문인과 제자들도 우리의 속도에 맞춰야만 했다.

"아미타불. 아미가 백년봉문(百年封門) 하였으니, 소승이 서주(西主)를 직접 찾아온 것입니다."

아미파 장문인은 나를 마교주나 어린 마두라 하지 않고, 서주라는 칭호를 썼다.

아미파 장문인과 동행하고 있던 제자들이 울상이 되었다.

어린 제자들은 벌써 눈물을 흘리고 있고, 나이 좀 먹은 늙은 비구니들은 어린 제자들의 손을 꼭 쥐어주고 있었다.

"사태. 봉문이라는 한마디로 끝날만큼, 정사의 은원은 그리 얇지 않소. 사태도 잘 알고 있을 거요."

"소승이 직접 서주와 담화를 나누겠습니다. 아미타불."

"소허 사태. 사태가 무엇이라고 전지전능하신 교주님과 대면한단 말이오. 말할 게 있으면 내게 해야 하는 거요."

어투는 정중하다.

하지만 흑웅혈마는 아미파 장문인을 그를 모욕했던 암제를 쳐다보듯 보고 있었다.

"서주! 소승의 이야기를 들어주시겠습니까."

아미파 장문인이 나를 향해 외치자.

"사태!"

흑웅혈마의 눈매가 더욱 흉포해지고.

"스승님! 마교에서 이리도 우리 아미를 괄시하는 데……."

아미파의 어린 여제자들이 울부짖고.

"조용히들 하거라!"

아미파 장문인이 따끔하게 다시 꾸짖는다. 그녀가 흑웅혈마에게로 시선을 돌렸다.

"우리 아미는 백년봉문 하였습니다……."

그러니까 아미파는 사천당가와 같이 용단을 내리지 못

하고 터전에 남기로 한 것이다.

그 방편으로 무림에서 떠나 오로지 불가의 가르침대로 만 살겠다는 것인데, 그 결정이 너무 늦었다.

이제 우리는 성도를 치고 아미산을 치면 됐다.

"소승들은 정사대전에 관여하지 않을 것입니다. 아미타 불."

그때쯤 지평선 너머로 서안의 성벽이 보이기 시작했다.

흑웅혈마가 아미파 장문인을 무시하고 내 쪽으로 말을 가깝게 붙였다.

"교주님. 소마에게 맡겨 주시옵소서."

사천당가가 성도를 버렸고, 아미마저도 봉문을 공표한 마당에 복잡한 계책은 필요 없다.

압도적인 힘으로 부서트린다.

흑웅혈마는 이번에야말로 지난번의 과오를 조금이나마 씻겠다는 것처럼, 벌써부터 눈에 투지를 불사르고 있었 다.

"그대가 맡아 성도를 점령하라."

"존명(尊命)!"

흑웅혈마가 포권한 뒤 앞으로 말을 몰고 나갔다.

전열 제일 일선에 선 그가 말 등 위로 꼿꼿이 섰다. 그 리고는 돌격 명령과 함께 팔짱을 끼고 말과 함께 달렸다.

바로 그때였다.

"혈마는 위대하시다아아아아!"

먼지가 피어올라 한 번에 온 세상이 뿌옇게 변했다.

한 떼의 인마들이 지축을 울리는 말발굽 소리와 함께 내 옆을 스쳐 지나갔다.

급기야 모래 먼지 위로 튀어나온 붉은 깃발이 해일처럼 앞으로 밀려 나가기 시작했다. 그 뒤로 붉은 눈빛을 번쩍이고 있는 어둠의 군사들이 도검을 꺼내 들고 달려 나갔다.

"혈마는 위대하시다아아아아!"

천둥 같은 고함소리가 또다시 온 천지를 뒤흔들었다.

혈마군 오만여 명이 일시에 돌격해서 쏟아져 나간 그 자리 뒤로, 아미파 장문인과 그녀의 제자들만이 남았다.

그녀들 전부가 흙먼지를 뒤집어쓴 채 넋이 나가버렸다.

아미파 장문인도 대군의 중심 속에서 있었던 적은 이번이 처음이었던지, 놀란 눈만 껌벅거리면서 앞만 보고 있었다.

아미파 장문인과 제자들의 두 눈 안으로 갑옷이며 깃발이며, 천하를 뒤덮은 붉은색만이 가득 차 들어왔다.

제2장

일기토

　연독(煙毒) 함정들이 가득한 당가의 장원 대신 사천성주 우왕의 저택을 거점으로 삼고, 전령들이 가져오는 보고들을 취합했다.

　섬서성에 주둔 중인 색목도왕과 사천성 서창, 흥문, 달주로 쪼개 보냈던 혈마군 부장들이 시시때때로 잔당들을 소탕한 내역들을 전해왔다.

　실질적으로 청해, 감숙, 섬서 삼성(三省)에 이어 사천성까지도 본교의 수중에 들어왔으니, 전 시간대에서 본교가 얻었던 땅들을 고스란히 되찾은 셈이었다.

　하지만 전 시간대와는 달리 황군과 제대로 된 전투 한

번 없이 얻은 성과들이라서, 잔존한 정도 무림인들이나 붓
꽤나 들어봤던 자들은 본교의 위대한 행보를 일장춘몽(一
場春夢)으로 치부했다.

그러니까 진노한 천자(天子)의 군사들이 본교를 다시 세
외 사막으로 밀어낼 뿐만 아니라, 본교를 절멸시킬 것이라
고 떠들어 댔다.

그렇게 입을 놀리다가 관청 앞에 목이 내걸린 이들이 적
지 않고, 관청 감옥 안도 북새통을 이뤘다.

평리.

그곳은 섬서성에서 호북성으로 맞닿은 경계면에 가장
가까운 도시이면서, 밖으로는 수십만 명을 수용할 수 있는
넓은 평원을 둔 곳이다.

나와 흑웅혈마가 색목도왕과 합류해 평리에 도착했을
때, 이십만 대국 병사들은 호북성 양양에서 출발해서 대의
원이 있는 죽산 인근을 지나쳐 평리로 오고 있는 중이었
다.

전력을 쪼개 전선을 길게 가져가 봤자 장기전으로 치닫
는 것이고, 본교부터가 호북 경계 인근에서 하남까지 진격
하겠다는 모양새를 취하고 있었다.

더욱이 평리는 지형적으로 넓게 펴진 평원이라, 매복과
함정이 용이하지 않아 후발로 출진한다 해도 크게 염려할

만한 게 없었다.

평리에서라면?

대국 입장으로서도 받아들일 수밖에 없는 싸움이었다.

"전황이 예기치 못하게 장기전으로 흘러간다 할지라도, 보급은 문제없습니다."

곡창인 서안을 점령했으니 당연한 일이다.

색목도왕이 보고했다.

그러면서 그는 입을 꾹 다물고 있는 흑웅혈마를 흘깃 쳐다봤다.

색목도왕도 흑웅혈마가 사천에서 무슨 일을 겪었는지 풍문으로 들었던 모양이다. 흑웅혈마를 바라보는 그의 시선이 평소와 남달랐다.

행여나 흑웅혈마와 눈이라도 마주칠까, 색목도왕은 곧바로 흑웅혈마에게서 시선을 거뒀다.

"흑웅혈마."

"예. 교주님."

"언제까지 마음에 담아 두고 있을 것이냐. 암제는 전대 교주와 더불어 삼제 중 하나였던 자가 아니더냐."

물론 위로가 될 리가 없다.

여섯 번 모욕을 당하느니, 차라리 그 자리에서 장렬하게 전사하는 게 낫다고 생각하고 있을 것이다. 나 또한 그럴 테니까.

"이번의 전투에서 이긴다면 전쟁은 끝나는 것이옵니까?"

"단, 대승을 거둬야겠지."

"소마가 목숨을 바쳐 교주님과 본교에 대승을 바치겠사옵니다. 만일 전쟁이 끝난 뒤에도 소마의 목이 온전히 붙어 있다면……."

"있다면?"

"소마는 장로직을 내려놓고 폐관에 들겠사옵니다. 윤허(允許)해 주시옵소서."

흑웅혈마를 위로할 수 있는 방법이 이것뿐이라면…….

고개를 끄덕였다.

이튿날.

황제의 대군이 육안으로 식별 가능한 거리 안으로 들어왔다.

끝이 보이지 않는 긴 행군이 능선을 따라 구불구불 이어졌다. 먼저 도착한 선발 부대가 진을 치고 있었다.

본교의 진영에 비하면 저지대에 위치해있지만, 황군의 총지휘관은 병력의 우위를 더 큰 이점으로 생각하는 것 같았다.

동쪽으로 적(赤)색 깃발이, 서쪽으로 황(黃)색 깃발이 대치하고 있는 가운데.

그날 저녁, 관도대전, 적벽대전처럼 천하 흐름을 결정지을 큰 전투가 완전히 무르익었다.

황군이 먼저 군사를 움직였다.

전체를 움직인 것은 아니었고, 일천 명 규모의 탐색전을 원하는 모양새였다.

기마병 일천 기가 황군 진영에서 빠져나와 중앙으로 움직였다.

나는 색목도왕이 추천한 혈마군 부장과 그와 같은 소속인 오백 기마대에게 탐색전을 맡겼다.

일천 대 오백의 싸움이었지만 결과는 본교 쪽으로 압도적인 승리였다.

신강의 기마민족 출신들답게 기마술이 황군의 기마병들보다 월등히 뛰어났을 뿐만 아니라, 본교의 무공까지 익힌 자들이라 순간순간 교전 상황에서도 놀라운 무위를 선보였다.

황군 진영이야 첫 탐색전에서 완벽히 패배했으니 사기가 땅으로 떨어져서 그렇다 쳐도, 본교 진영 또한 적막하긴 매한가지였다.

당연한 결과였으니 흥분할 것도 없다는 것이다.

그때.

기세를 뒤집기 위해, 무장한 대국 장수 하나가 백마를 타고 나와 일기토를 신청했다.

*　　*　　*

"무공을 익혔습니다."

색목도왕이 말했다.

그러나 단지 무공을 익혔다는 이유만으로 우리의 관심을 살 수는 없다.

색목도왕도 그가 내뿜고 있는 강렬한 살기(殺氣)를 느끼고 있었다.

살기에는 인위적으로 터트리는 살기와 대상에 대한 살심으로 자연히 흘러나오는 살기, 그렇게 두 종류가 있는데, 장수는 후자 쪽이었다.

본교를 불구대천(不俱戴天)의 원수로 보지 않고서는 저리도 강렬한 살기를 품을 수는 없는 법이다.

그렇다면.

"곤륜, 공동, 청성, 화산, 종남."

본교가 멸문시킨 그 다섯 곳 중 한 곳의 속가제자로, 무공을 익혔다가 군부에 투신했을 확률이 높다.

"청성의 제자입니다."

나도 그렇게 생각했다.

속검(速劍)으로 특출난 청성의 파지법은 무림의 일반적인 파지법과는 미세한 차이가 있다.

손아귀에 한 마디 정도 빈 공간을 두어 첫수까지는 헐겁게 쥐고, 검자루를 감싼 위치는 중간보다도 약간 아래다.

바로 저 파지법에서 청성이 자랑하는 송풍검과 청운적하검의 첫 초식이 일어난다. 청성파 장문인도, 장문인의 사형인 적하검도 모두 장수와 같은 파지법을 사용했었다.

하지만 그 둘 모두 내 손에 죽었지…….

"소마를 보내주시옵소서."

흑웅혈마가 말했다.

"고양이 잡겠다고 범을 내보내겠느냐. 그대가 눈여겨보고 있던 교도를 내보내거라."

"……."

흑웅혈마가 깊게 고민하다가 입을 열었다.

"하오면 소교 중에서 사휘라는 아이가 있사온데, 그 아이를 보내겠습니다."

성년식을 가지지 않은 어린 교도들을 소교라 한다.

거기에 대해서 가타부타하지 않고 고개를 끄덕였다.

흑웅혈마는 허튼소리를 할 인물이 아니었다.

"소교 사휘는 앞으로 나오거라!"

흑웅혈마가 우리 뒤로 운집해 있는 혈마군을 향해 외쳤다.

많이 봐줘야 열다섯 살.

혈마군들이 터준 길 사이로 키 작은 한 소년이 걸어 나왔다.

소년이 걸치기에는 조금 큰 붉은 갑주가 소년이 움직일 때마다 살짝씩 덜그럭거렸다. 소년은 제 이름이 불린 것이 믿기지 않은 듯, 연신 두 눈을 깜박깜박거리며 땅만 보며 걸었다.

흑웅혈마가 어째서 이 소년을 골랐는지 쉽게 와 닿지 않았다.

비단 나뿐만이 아니라 색목도왕과 지척에 있던 거마들도 의아한 눈길로 소년을 바라보고 있었다.

타고난 무골이 훌륭한 것은 맞다. 그러나 아직 소년에 불과한 소교(小敎)라 단전에 쌓은 내공이 그리 많지 않았다.

아니나 다를까. 내 앞에 선 소년은 온몸을 부들부들 떨고 있었다.

그럼에도 불구하고 목소리는 또랑또랑 제대로 냈다.

"지유본교. 천유본교. 천세만세. 마유혈교. 외마당 소(小) 이십육 대 소대주, 혈마일군 제칠 부대 백십이 번. 하교 사휘가 전지전능하신 교주님을 뵈옵니다."

"사휘."

나는 가만히 소년을 바라보았고, 말은 흑응혈마가 했다.

"예."

"가서 저자를 죽이거라."

순간 흑응혈마의 눈이 섬뜩하게 빛났다.

흑응혈마는 상대 장수와 비교해서 내공은 물론이거니와, 어느 것 하나 우세한 것이 없는 어린 소교의 승리를 확신하고 있었다.

"예."

키 작은 어린 병사가 전장 한 중앙으로 걸어 들어가자, 황군 진영이 크게 술렁거렸다.

청성의 무공을 익힌 장수도 노골적으로 얼굴을 구겼다.

그런데 흥미롭게도 혈마군 분위기가 의외로 침착했다.

나는 모르고 있었어도 교도들 사이에서는 꽤나 유명한 아이였던 것 같다. 특히 혈마일군 쪽에서.

대치하던 둘이 슬슬 움직였다. 장수는 진작에 말에서 내린 상태였다. 군부의 장수가 아닌 청성의 제자로 싸우려는 게 눈에 보였다.

비록 상대가 어린 마졸(魔卒)이지만 혈마교도인 이상 손에 사정을 두지 않을 거라고, 그의 온 얼굴이 말해주고 있었다.

휘익!

찰나의 순간.

소교가 장수의 빠른 검을 피하다가 뒤로 나자빠졌고, 그 위를 장수가 찔러 들어가고 있었다.

소교가 꼴사납게 이리저리 뒹굴면서 간신히 일어나 목숨을 건졌을 때.

황군 진영에서 환호성이 터졌다.

"와아아아!"

소교는 피가 나도록 입술을 깨물면서 들고 있던 방패를 버렸다.

그러는 도중에도 장수의 송풍검법이 계속 이어졌다.

소교는 간신히 버티는 수준이었다.

종이 한 장 차이로 간신히 목숨을 유지하는 게 다였다. 조금만 실수해도 장수의 속검에 눈 깜작할 사이 목이 날아가고, 예검(銳劍)에 심장이 관통당할 거다.

황군 진영에서 안타까운 환호성들이 계속 들려왔다.

그런데 어느 순간부터 그런 소리가 들리지 않았다.

나와 거마들은 진작에 눈치챘고, 이제는 무공을 모르는 평범한 병졸들까지도 눈치채기 시작한 것이다.

장수가 압도적인 공세로 밀어붙이고 있고 실제로도 그

렇게 보이지만, 시간이 흐를수록 어린 마졸이 땅을 구르는 횟수가 줄어들고 있다고.

"흠⋯⋯."

지금껏 소교는 단 한 번도 공격을 시도하지 않았다. 검을 휘두른 것은 단지 찌르고 베어오는 검을 막기 위한 것이 전부였다.

상대가 청성파 고수라고 해도, 분명히 두세 번쯤은 반격에 나설 타이밍이 있었지만 그렇게 하지 않았다.

악바리 같은 근성뿐만 아니라 인내심까지 갖추었구나.

비록 무공이 낮아도, 나는 소교 사휘가 이길 수밖에 없다는 확신이 들었다.

그리고 소교가 장수의 목을 베었을 때 전군 돌격시켜야 겠다고 생각했다. 흑웅혈마도 이것을 노렸던 것이었다.

지금!

내가 속으로 외쳤을 때, 소교의 검이 움직였다.

소교는 목숨을 걸면서 기다리고 있던 단 한 번의 기회를 놓치지 않았다.

흡족한 미소와 함께 몸을 일으켰다. 소교의 검은 장수를 목을 가를 것이고, 그럼 나는 전군 돌격 명령을 내릴 것이다.

바로 그 순간.

쉐아아아악!

날카로운 기운 하나가 빠른 속도로 날아드는 게 느껴졌다.

막 장수의 목에 닿으려던 소교의 검이 뭔가에 부딪혀 반대쪽으로 튕겨 날아갔다. 소교도 그 충격으로 휘청거렸다.

장수는 그 틈을 놓치지 않고 소교를 향해 검을 휘둘렀다.

비열한 놈!

내가 할 수 있는 가장 빠른 속도의 탄지를 튕겨 보냈다.

장수 또한 검과 함께 나자빠졌다.

"웬 놈이 정당한 대결에 끼어든단 말이냐!"

그렇게 외치며, 전장 안으로 날아드는 노고수와 같이 나 또한 몸을 던졌다.

"어린 후배들도 이렇게 사력을 다하는데, 교주와 노부가 가만히 있어서야 되겠소이까아아아."

노고수의 목소리가 메아리처럼 퍼져나갔다.

사휘와 장수는 우리의 눈빛을 받아 진영으로 돌아갔다. 무대의 주인공이 나와 노고수로 자연스럽게 바뀌었다.

"허허허."

노고수가 너털웃음을 흘렸다.

데에엥하고 울리는 종소리처럼 기파가 웃음소리와 함께 묵직하게 퍼져나갔다.

　가공할 만한 내공.

　기풍이 일자, 태극 문양이 새겨진 노고수의 도포 자락이 물결처럼 펄럭였다.

　"듣던 대로구나. 무당의 촌노(村老)들이 하나같이 비겁하고 염치를 모르지. 승부를 가르는 절체절명의 순간에 끼어들어 놓고는 뻔뻔하게 웃고 있다니!"

　진심으로 무당 노고수를 질타(叱咤)했다.

　"허허! 천하를 피로 물들이고 있는 교주께서 하실 말씀은 아니시외다."

　"그대가 천아풍이냐?"

　"장문인께서는 공사가 다망하시오."

　"구파일방 중 오파가 멸문하고 일파가 봉문하였다. 이제 남은 문파라 해봐야, 개방, 점창, 소림 그리고 너희 무당뿐. 고금을 통틀어 정도 무림에 이보다 큰 사단은 없었을 것인데, 자칭 정도 무림의 큰 어른이라는 천아풍은 숨어서 벽곡만 씹고 있는 모양이로구나."

　노고수는 내 비아냥에도 불구하고 얼굴을 굳히지 않았다.

　여전히 호선을 그린 눈매를 유지하며 수염을 쓰다듬고

있다.

"교주께서는 정녕 천하를 이리도 어지럽혀만 하시는 게요?"

"그대의 나이가 어떻게 되느냐."

"노부는 올해로 희수(喜壽:일흔일곱)를 넘기었소."

"그 나이에 아직도 천기를 읽지 못하는구나. 그러니 앉을 자리도 보지 않고 멍석을 깐 것이겠지. 흥! 천아풍도 있어서는 안 되는 자리에 무명 도사가 웬 말이냐."

"교주의 뜻을 잘 알겠소. 허허. 이쯤하면 혈기를 충분히 풀어내셨을 터이니 그만 돌아가시는 게 어떻겠소. 교주께서 혈기 왕성하신 것 때문에, 온 천하와 무림이 시름해서야 되겠소이까."

"염치 모른 무식한 촌부답게, 말귀를 못 알아듣는구나. 아직도 이 전쟁에 네놈 무림인들이 끼어들 구석이 있는 것 같으냐. 여기는 너희 무림인들이 있을 자리가 아니다."

적게는 수천 많게는 수만씩 도열해 있는 황군 부대 중에는, 복장과 성별이 다양한 외인부대(外人部隊)가 존재한다.

노고수 뿐만 아니라 그들 외인부대, 정도 무림인 전체가 들을 수 있도록 음성에 공력을 실어 넓게 퍼트렸다.

비로소 노고수가 반응했다.

"하면 교주는 무림인이 아니시란 말이오?"

"곤륜, 공동, 청성, 화산, 종남은 본교를 무림의 일개 일 파로 여기다 멸문을 피할 수 없었고, 본교를 교국의 종주 로 여긴 아미만이 겨우 명목을 유지하여 봉문에 들어갈 수 있었다."

"교주는 참으로 광오한 사람이오."

"과연 그럴까. 그대가 천아풍을 대신하여 무당을 인솔 해 왔느냐?"

"……."

"그대의 도호가 어떻게 되느냐?"

"청인이라 하오."

노고수의 목소리 또한 자욱하게 퍼졌다.

그러자 도열해 있던 정도 무림인들이 소란스러워졌다.

황군들도 무슨 일인가 하고, 정도 무림인들을 쪽으로 일 제히 시선을 돌렸다. 침착한 것은 태극 도복을 입고서 외 인부대의 제일선에 서 있던 무당파 제자들뿐이다.

즉, 노고수는 무림에 청인이라는 도호보다도 태극혜검 이라는 무명으로 더 잘 알려져 있는 인물이었다.

"이 자리에선 그대가 무당을 대표하고 있는 것이 맞겠 군. 하면 그대가 대답해야 할 것이다."

내가 던질 물음이 가벼운 것이 아니라는 것을 직감한 노 고수는 신중한 눈빛과 함께 입술을 붙였다.

"무당은 천기의 흐름을 어떻게 읽었느냐? 멸문한 오파(五派)처럼 아직도 본교가 무림의 일파인 것 같으냐, 아니면 아미처럼 본교를 교국의 종주로 여기게 되었느냐?"

정도 무림인들의 예상과는 달리, 노고수는 곧바로 대답하지 못했다.

미소를 잃은 그의 얼굴 위로 짙은 어둠이 드리웠다.

기다려도 노고수가 본교를 힐난하지 않자, 정도 무림인들은 그네들의 큰 어른이자 대선배를 향해 야유를 보내기 시작했다.

무당 제자들도 당황하고 있었다.

하지만 노고수가 섣불리 대답을 하지 못하고 있다는 것은, 그만큼 판세를 제대로 읽고 있음을 뜻하고 있었다.

본교는 호북으로 넘지 않기로 내부 결정한 상태다.

그러나 이러한 사정을 알 리 없는 무당으로서는 이번 평리대전에 무당의 명운(命運)을 걸었다.

왜냐하면 무당산이 호북성 서쪽으로 치우친 쪽에 위치하고 있어, 이번 전투에서 황군이 지게 된다면 전선이 자연스럽게 확대되면서 무당산 전체까지 휩쓸리게 된다고 생각할 수밖에 없기 때문이다.

본교를 무림의 일파라고 대답하기엔 전투에서 진 후가 염려된다. 그렇게 대답하지 않자니 정도 무림의 기둥으로

서 명분이 서지 않는다.

무당 노고수가 내 어깨너머로 혈마군이 도열해 있는 장면을 바라보고 있는 동안, 속절없이 시간만 흘러가고 있었다.

"대답을 들은 것으로 하겠다."

내가 말했다.

"하면 무당은 퇴(退)한 그대로 봉문하겠느냐?"

무당 노고수가 눈에 쌍심지를 켜며 나를 쳐다봤다.

그때였다.

"무량수불(無量壽佛)!"

노승이 하늘을 날아왔다.

사람 수에 맞춰서 색목도왕도 몸을 던지려 하길래, 나는 고개를 살짝 저어 보였다.

"시주. 간악한 마두(馬頭)의 농간에서 벗어나십시오."

노승의 말에, 무당 노고수의 죽었던 눈빛이 되살아났다.

"속세를 떠나 불가(佛家)에 몸을 담았다는 자가, 시정잡배와 같은 혀를 가졌구나."

내가 뇌까렸다.

노승이 법장(法杖)으로 지면을 찍었다.

우웅.

온 힘을 다한 것이 아니었음에도, 거기에서부터 시작된

것이 확실한 기의 파문이 기풍을 강하게 일으켰다.

나는 한 팔을 휘이 저었다.

일어난 그대로 나를 날려버릴 듯이 날아온 기풍이 일순간에 사그라져버리자, 노승의 얼굴이 와락 일그러졌다.

"정도 무림은 정말이지 염치를 모르는군. 그대는 누구냐."

"머리에 피도 안 마른 어린 마두 따위가! 고명한 법호(法號)를 알아서 무엇하겠느냐. 쯧쯧쯧. 어린 마두가 재주 하나만 믿고 천하에 혈겁을 일으켰도다! 아미타불."

"본좌가 믿는 것이 아직도 일신의 무공뿐인 것 같으냐. 본교의 혈마군이 하북을 치면 그다음에는 하남이다."

하북에 무당이 있고, 하남에 소림이 있다.

노승의 얼굴이 한 번 더 구겨졌다.

"그대도 원각대사는 아니겠지?"

"이노옴!"

"무당 장문인과 소림 방장만이 깬 사람이군. 명성답게 천기를 읽을 줄 아는 사람들이다."

"웬 말이냐!"

"주제를 아는 것이지. 더는 이 전쟁에 설 자리가 없음을 깨달은 것이다."

그렇게 말한 다음 정도 무림인들이 대열해 있는 곳으로

시선을 옮겼다.

많이 운집해 있긴 했다.

일만 명쯤으로 나눠진 황군의 한 부대와 규모가 비슷했으니, 황군이 전비를 갖추는 동안 소림과 무당 그리고 무림맹에서도 천하 각지로 정도 무림인들을 끌어 모았던 것이다.

"군사를 등에 업고 있으니 오만방자함이 하늘에 닿는구나."

"불가에서는 자신을 관조하는 수련을 일평생 한다던데, 과연 듣던 대로다. 그대들의 주제를 아주 잘 알고 있음이다."

내 말에 노승의 얼굴이 시뻘게졌다.

그때쯤 이 노승이 누구인지 알 것 같았다.

사람 많은 소림이니 불같은 성미에 사마외도를 원수처럼 여기는 자가 한둘은 아닐 것이다. 그러나 그중에서도 무당의 태극혜검과 어깨를 나란히 하는 이를 꼽자면 단 한명이다.

법각 대사.

정확히는 혈승(血僧)이라는 무명으로 본교의 보고서에 이름이 많이도 올라왔었다.

사문이 사마외도라는 이유만으로 부지기도 많은 이들이

그의 손에 목숨을 잃었다.

그중에는 호북 방현 분교와 하남 정주 분교 소속의 교도들도 포함되어 있다.

"네놈이 혈승이냐?"

노승은 인간이 지을 수 있는 가장 험악한 표정으로 얼굴을 일그러트렸다.

그게 그가 혈승이라는 증거였다. 혈승이라는 무명을 그 무엇보다도 싫어한다 하지 않았던가. 달리 무슨 증거가 필요할까.

"혈승. 그대가 답해 보거라. 소림에서는 천기의 흐름을 어떻게 읽었느냐? 멸문한 오파(五派)처럼 아직도 본교가 무림의 일파인 것 같으냐, 아니면 아미처럼 본교를 교국의 종주로 여기게 되었느냐?"

"언제부터 사막의 마교 따위가 천하를 논했고, 마두 따위가 천하 영웅들 앞에서 큰 소리를 낼 수 있었단 말이냐."

노승이 얼굴을 부르르 떨면서 외쳤다.

그는 벌써 눈빛만으로 내 몸을 도륙하고 있었다.

"하지만 무당에서 나온 도사는 다르게 이야기하고 있지 않느냐."

"시주! 저 간사하고 요망한 마두의 입을 막아주십시오."

"교주께서는 그만하시오."

무당 노고수가 입술을 뗐다.

"교주께서는 이제 더 이상 무림인이 아니라 하시나, 무공을 익히고는 무림인이 아니라 하는 것은 이치에 맞지 않는 구변이오. 무림의 법도는……."

화악!

"그리도!"

나는 일순간 공력을 퍼트리며 무당 노고수의 말을 잘랐다.

노승과 노고수가 두 눈을 부릅떴다.

내 입에서 이어질 말에 집중하기 위해서였다.

"그리도 무림의 법도를 논하고 싶다면, 당장 무림의 법도대로 함이 어떻겠느냐."

"무림의 법도라 함은?"

무당 노고수가 말했다.

"무공을 겨뤄서 진 쪽이 물러나는 것이다. 너희들이 이기면 본교는 사막 교지로 돌아가는 것이고, 본좌가 이기면 너희 무당과 소림이 무당산과 숭산으로 돌아가는 것이다."

노승의 눈에서 불똥이 튀겼다. 잠깐뿐이었지만 내가 보여준 공력이 그들보다 심후하다는 것을 모를 리가 없었다.

"자신 없느냐? 본좌를 어린 마두라 폄하하더니."

노승을 향해 물었다.

황군 이십만 명은 물론이고 동방 무림의 정도 무림인 전체가 지켜보는 자리다.

순간, 노승의 관자놀이에 돋아난 힘줄이 꿈틀거렸다.

노승이 입이 천천히 열리던 그때, 내가 한 박자 빠르게 치고 들어갔다.

"시간이 아깝구나. 본좌가 전부 상대해주마. 같이 들어오거라."

반쯤 열렸던 노승의 입술이 바로 닫혔다. 눈도 크게 떠졌다.

찰나의 순간이었지만 노승의 얼굴에 회심의 미소가 스치고 지나갔다.

노승이 눈동자만 옮겨 무당 노고수와 눈빛을 교환했다.

무당 노고수도 고개를 살짝 끄덕였다.

나는 둘이 자세를 잡는 것을 보고 고개를 저으며 바깥에 대고 한마디 더 외쳤다.

"무당과 소림이 들어오는데, 점창과 개방은 무엇하고 있느냐. 너희들도 들어 오거라! 너희 구파일방의 무공이 본교의 아래에 있음을 가르쳐 주겠다."

*   *   *

두 사람이 더 날아왔다.

늙은 거지의 허리띠에는 개방 방주의 상징인 타구봉이 끼워져 있었고, 창을 든 중년인의 도복 자락 뒤에는 점창의 이름이 찍혀 있었다.

늙은 거지야 타구봉을 소지하고 있었으니 개방 방주 의개(義丐)가 분명했지만, 점창에서 나온 중년인의 신분은 심후한 내공 외에는 특정 지을 만한 무언가가 딱히 부족했다.

그러나 곧 넷이 짧은 인사를 나누는 과정에서, 중년인이 점창파 장문인 은조형인 것이 밝혀졌다.

"어린 마두야! 이제 와서 무르지는 않겠지?"

개방 방주 또한 다른 셋과 마찬가지로 내 뒤에 운집해 있는 혈마군을 의식하며 말했다. 눈웃음을 말아 감으며 고개를 끄덕였다.

"하면 네 녀석의 교도들에게 분명히 공표하거라."

개방 방주가 말했다.

너희들이 먼저.

나는 그런 뜻을 담아 가볍게 턱짓해 보였다.

그러자 개방 방주가 허리띠에서 타구봉을 꺼내 들면서 적군 진형 쪽으로 몸을 돌렸다.

"모두 들어서 알겠지! 대결에서 내가 지거나 죽는다면, 너희들은 당장 복수할 생각은 말고 중원으로 돌아가거라!"

개방 방주의 눈빛을 받아 점창파 장문인, 무당파 태극 혜검, 소림 혈승이 차례대로 각 문파의 제자들에게 공표했다.

이제 와서 내가 말을 바꿀까, 넷은 조금의 틈도 남기지 않고 말들을 빠르게 이어 붙였다.

소림과 무당 그리고 점창과 개방의 제자들이 대답하는 큰 소리가 적군 진형 쪽에서부터 울리고 있었다.

"교주 차례요."

무당 노고수가 말했다.

"시주. 마두 따위에게 예도를 갖출 필요 없소."

그런 노승을 무시한 채 입을 열었다.

"본 교주의 명이다. 본 교주가 패하면 사막 교지로 돌아가는 것이다!"

존명(尊名)!

십만 명이 일시에 터트린 그 소리가 등 뒤에서부터 밀려왔다.

삼파 일방 제자들의 외침이 흔적도 없이 사라졌다. 잠깐이나마 회심의 미소를 지었던 개방 방주와 소림 노승이 얼굴을 딱딱하게 굳혔다.

"네놈의 간악함도 오늘로써 끝이다."

소림 노승이 아미타불이나 무량수불과 같은 불가의 염(念)을 읊지도 않은 채, 법장으로 나를 가리키며 외쳤다. 핏빛 살기가 맺힌 혈승의 두 눈이 며칠을 굶은 늑대의 것처럼 변했다.

비단 노승뿐만이 아니었다.

정도 무림의 고명한 고수들이 각자의 방식대로 전의를 불태우기 시작했다.

무당 노고수가 늘어트린 청검 끝으로 부드러우면서 무거운 기운이 쏠린다.

개방 방주가 독문비전인 항룡십팔장(亢龍十八掌)의 기수식을 취하자, 늙은 거지의 탈이 벗겨지고 금방이라도 수면 위로 솟구쳐 오를 잠룡이 나타났다.

또한 창 하나로 하늘을 꿰뚫는다고 알려진 점창과 장문인도 관일창(貫一槍)의 기수식을 취하면서 내 목을 노려봤다.

마치 단 한 번의 찌름으로 내 목을 꿰뚫을 거라는 듯이 말이다.

"오너라."

시작 단추를 눌렀다.

그러자 넷이 튀어 올랐다.

쉐에엑.

각각 다른 사문에서 평생을 보내온 그들이지만, 그들이 펼치지는 사인합공(四人合功)은 어린 시절부터 함께 한 동문들처럼 완벽했다. 그들 하나하나가 모두, 종사(宗師)의 반열에 오른 자들이라는 것을 실감하는 순간이었다.

전방에서 일시에 날아든 강기들을 회피하며 땅을 디뎠을 때, 사방(四方)으로 자리를 잡은 그네들의 모습들이 보였다.

스으으. 사악!

창 하나가 공간을 꿰뚫으며 깊숙이 들어왔다.

그것을 흘려보낸 뒤에 창대를 옆구리에 끼던 그 순간, 양옆에서 완전히 상반된 형태의 공격이 번뜩였다.

도가에서는 말한다.

부드러움으로 강함을 꺾을 수 있다고.

지금 좌측에서 펼쳐진 무당 노고수의 태극검이 그러했다.

그러나 우측에서는 다가오고 있는 소림 노승의 법장에는 그 말을 비웃는 금강력(金剛力)이 제대로 실려 있었다.

"흥!"

명왕단천공을 개방시켰다.

초월적인 상황 인지 능력과 정보 종합 능력의 포문(砲門)

이 열렸다.

뇌세포 뉴런 속에서 빨갛고 푸른 전기 스파크들이 튀겨대는 그 찰나, 수십 수백 가지 시나리오들이 뇌 속 안에서 흩어졌다 모였다를 반복하면서 내 선택을 기다렸다.

옆구리에서 매서운 기파(氣波)를 요동치며 흔들리고 있는 창 하나, 내 넓은 등을 향해 턱을 쩍 벌리며 다가오고 있는 항룡(亢龍), 부드러움과 강함의 극의를 담은 태극검과 법장.

화악!

그 광경들이 전지적 시점으로 머릿속에서 펼쳐졌고, 명왕단천공이 보내오는 시나리오들 중 하나가 내 마음에 쏙 들었다.

"오호."

나도 모르게 입꼬리가 올라갔다. 정말 재미있는 시나리오였다. 나는 그 시나리오를 선택했다.

창을 뒤로 깊게 밀어 보냈다.

내게 날아들었던 때와 마찬가지의 속도로 항룡십팔장을 펼치고 있는 개방 방주를 향해 뻗어 나갔다.

항룡십팔장과 관일창이 맞부딪치는 그 시점에서 발을 굴렀다.

쾅!

나는 솟구쳤고, 무당 노고수와 소림 노승이 바로 따라 붙었다.

소림의 법장이 내 육신을 쓸어버리려 한다. 무당의 태극검이 내 목과 몸을 이등분 내려 한다. 각각의 방식대로 움직이되 살의(殺意)를 감추지 않는다.

그러나 그들의 살의는 파훼법이 뻔히 보이는 내게 조금도 위협이 될 리가 없다.

둘보다 더 고강한 공력으로 허공을 밟았다.

둘이 예기치 못한 때에 방향을 틀었으니, 둘의 입에서 놀란 숨이 뱉어졌다.

"허엇!"

이미 늦었다.

내가 갑자기 사라진 그 자리로 무당의 태극검과 소림의 법장이 맞부딪쳤다.

지상에서는 항룡십팔장 대 관일창,

허공에서는 태극검 대 금강력.

그렇게 무림을 종횡(縱橫)하던 절정의 무공들이 충돌했다.

어린 마두를 죽이기 위해 첫수에도 혼심의 힘을 다했던 그들이다. 그러나 정작 어린 마두는 온데간데없이 사라지고, 그네들끼리만 서로를 향해 살수를 뻗은 꼴이 된 것이다.

지상으로 내려섰다.

땅을 밟는 소리가 나지 않을 만큼 사뿐하고 느릿하게 내려섰다.

그럼에도 불구하고 누구 하나 나에게 달려드는 이가 없었다.

뿐만 아니라 나를 쳐다도 보지 않았다.

네 절정 고수는 그네들에게 닥친 상황에 집중하고 있었다.

개방 방주는 몸을 기울이며 일장을 최대한 곧게 뻗고 있었고, 점창파 장문인의 창은 방주의 손바닥 한 치 앞에서 멈춘 채 굳어 있었다.

미동 하나 없어 점혈된 것처럼 보이지만 실상은 그렇지 않다.

장과 창.

그 사이의 한 치의 틈을 두고 개방 방주와 점창파 장문인의 수십 년 공력이 팽팽한 균형을 이루고 있었다.

고개를 들었다.

그곳 하늘 위에서도 크게 다르지 않은 광경이 시선 안으로 들어온다.

무당 노고수와 소림 고승이 일자(一字)로 눕다시피 한 자세로, 검과 법장을 맞댄 채 공력 대결에 돌입한 상태였다.

"하하하!"

내 웃음이 전장 전체에 울려 퍼졌다.

특히 정도 무림인 쪽 진영에서 갑작스럽게 펼쳐진 불가사의한 상황에 소란이 일었다.

개방 방주 옆으로 다가갔다.

개방 방주가 힐끔 나를 쳐다봤다가, 다시 점창파 장문인이 있는 정면으로 눈을 돌렸다.

점창파 장문인도 얼굴을 잠깐 구겨 보일 뿐, 그 이상으로 뭔가를 하기에는 그에게 닥친 상황이 너무나 위태로웠다.

먼저 내력을 거두는 쪽은 결코 주화입마를 피할 수 없다.

개방 방주, 점창파 장문인은 물론이고 고명한 노승과 무당 노고수도 마찬가지다.

하지만 그것보다 더욱 자명한 사실은, 이제 그네들의 목숨이 내 손에 달렸다는 것이다.

개방 방주의 귓가에 속삭이듯 말했다.

"너희들이 패하였다."

단, 일합(一合)에 벌어진 일이었다.

이렇게까지는 아니더라도.

동방 무림에서 내놓으라 하는 절정 고수 네 명과의 대결이기 때문에 어느 정도 고투(苦鬪)를 감안하고 있었다.

그러나 실상은 놀라웠다.

나는 이들 넷을 합친 것보다 압도적으로 강했다.

명왕단천공은 이전 시간대에서 무림에 있던 시절보다 더 빠르고 다양한 정보 처리 능력을 보여주었고, 십이양공은 십이 성 벽을 넘지 못했을 뿐이지 더 이상 같은 십일 성이 아니었다.

"본좌가 너희들에게 다시 기회를 주겠다. 한쪽이 희생하면 끝나는 일! 그러면 남은 둘이 힘을 합쳐 본좌와 다시 겨룰 수 있음이다."

이 자리에 운집해 있는 수십만 명이 모두 들을 수 있는 큰 소리로 외쳤다.

"크크크."

어쩐지 흑천마검과 같은 웃음소리가 내 입에서 흘러나왔다.

본교의 앞날에 화근(禍根)인 이들을 압도한 것 때문만은 아니다.

내 성장을 다시금 확인해서 기분이 좋았을 뿐만 아니라, 이번의 대결로 정도 무림인들의 앞날에 뼛속까지 사무칠 패배주의를 생각해보면 기분이 더 좋아질 수밖에 없었다.

혈마군 진영 쪽으로 몸을 돌렸다.

화려한 초식들로 그들을 압살한 것은 아니었지만 모두가 알고 있었다.

내가 마음만 먹는다면 그렇게 할 수 있음을 말이다.

내가 한 일은 정도 무림의 네 절정 고수를 죽이는 것보다 더 힘든 일이었기 때문이다.

완전히 발 아래로 두지 않고서야 불가능한 일!

더욱이 힘을 합친 네 절정 고수를 그렇게 만들었다.

교도들은 교주의 그 압도인 힘을 두 눈으로 목도했다.

교주님의 명만 떨어진다면, 끌어오르는 열기를 터트려 눈앞의 적을 모두 베어버릴 것이다!

그런 의지가 혈마군 전체에서 넘실거렸다.

— 색목도왕

색목도왕에게 전음을 보내 차 한 잔을 가져오게끔 했다.

이윽고 찻잔이 내 손아귀에 들어올 때까지도, 네 절정 고수는 여전히 어쩔 수 없던 공력 대결에서 벗어나지 못하고 있었다.

황군의 총지휘관이 앉아 있는 상석 쪽으로 시선을 돌렸다.

꽤 먼 곳이지만 할 수 있었다. 지휘관이 앉아있던 나무 의자가 갑자기 움직였고, 지휘관은 놀라서 몸을 일으켰다.

그 나무의자는 내 쪽으로 총알처럼 빠르게 날아오다가 어느 지점에 이르러서 느릿한 속도로 내려앉았다.

나는 그 의자에 앉아 찻잔에 입술을 댔다. 황당함과 분노로 몸을 부르르 떨고 있는 황군 측 총지휘관의 모습이 보였다.

차를 반 모금 천천히 넘겼다.

그런 다음 외쳤다.

"모두 공멸할 것이냐. 한쪽이 희생하여 본좌와 다시 겨룰 것이냐. 지금부터 일다경(一茶頃)을 기다려 주마!"

*   *   *

당장 어린 마두를 해치우고 무림, 더 나아가 천하를 태평하게 만들어야 한다는 그들이지만 어린 마두를 해치운 다음을 생각할 수밖에 없다.

동방 무림의 기득권을 차지하고 있던 구파일방 중 벌써 육파(六派)가 날개를 잃고 추락했다.

이제 어떤 식으로든 동방 무림의 균형은 개편될 수밖에 없다.

어떤 문파는 기득권을 더욱 굳히고, 어떤 문파는 기득권 세력으로 새롭게 편입되고, 어떤 문파는 육파와 같은 꼴을 면치 못하리라.

그래서 네 절정 고수가 땅과 하늘에서 벌이고 있는 내력 대결은 단순히 그들만의 일이 아니었다.

그들 한 명 한 명이 일파의 대표이거나 그에 준하는 신분이기 때문이다.

어리고 젊은 제자들과 부산떨고 있는 신진(新進) 고수들과는 달리, 세상사의 관록을 쌓은 이들이 신중한 얼굴을 하고 있는 것 또한 바로 그 때문이다.

어린 마두를 해치워 마인들을 사막으로 되돌려 보내는 것이 분명히 최우선되어야 할 일이었지만, 그것만을 말하기에는 세상사는 그리 단순하지 않았다.

그래서 민간에 떠도는 어느 영웅담처럼, 무림의 대의를 위해서 자신을 희생하는 일은 일어나지 않고 있는 중이었다.

슬슬 찻잔의 바닥이 보였다.

딱 그때쯤.

"쿨럭!"

점창파 장문인이 피를 토하면서 창과 함께 뒤로 튕겨져 날아갔다.

곧바로 가부좌를 틀고 앉았지만 얼굴이 시뻘겋게 변해 있었다. 기운의 역류와 함께 일시적으로 피가 쏠린 것이다.

한편 개방 방주는 선 자세에서 가만히 눈을 감은 채 호흡을 가다듬고 있다.

"장문인!"

적군 진형에서 한 무리의 인영(人影)들이 솟구쳐 나왔다.

점창파의 장로들이라고는 하나, 나는 무당 노고수와 소림의 노승의 대결이 아직 끝나지 않은 상태에서 타인의 개입을 용납하지 않았다.

"감히 어딜!"

열 손가락 끝으로 공력을 방출했다.

실린 공력과 속도가 상당하여 탄지 끝으로 유성 꼬리와 같은 궤적이 남겨졌으니, 열 개의 검은 빛깔의 선이 내가 앉은 자리에서부터 대각선으로 쭉 뻗은 꼴이 되었다.

하늘에서 인영들이 우수수 떨어져 내렸다.

"누구도 나서지 말거라!"

점창파 장문인이 그의 제자들을 향해 외친 다음, 사혈을 토해냈다.

"미안하게 되었소."

개방 방주가 나지막하게 말했다.

그러나 점창파 장문인은 더는 입을 열어서는 아니 됐다.

무공을 잃느냐, 불구가 되느냐, 목숨을 잃느냐.

역류하기 시작한 기운을 어떻게 다스렸는지에 따라 판가름 날 것이다.

개방 방주 또한 나에게 감정을 소비하기보다는, 곧 이어질 대결을 준비하기로 결정한 것 같았다. 그는 점창파 장문인과는 다른 의미로 가부좌를 틀고 앉았다. 비교적 현명한 판단이다.

이제 모두의 시선은 하늘 쪽으로 쏠렸다.

다른 누구도 아닌, 무림의 양대산맥이라고 불리우는 소림과 무당의 절정 고수 둘이 거기에서 공력 대결을 펼치고 있다.

내공의 정순함으로 자타 공인 고금 최고의 심법이라 일컬어진 무당의 순양무극공(純陽無極功)과 소림의 금강력(金剛力)이 우열을 가리고 있다.

모두가 넋을 잃고 본다. 혈마군 또한 무공을 익혔기 때문에, 두 절정 고수가 펼쳐지는 공력의 향연(饗宴)에 빠져들었다.

다른 누구도 아닌 색목도왕의 표정을 살폈다. 그리고 흡족했다.

색목도왕은 다른 이들처럼 그들을 경이로운 표정으로 바라보고 있지 않았다. 나와 잠깐 눈이 마주쳤을 때, 나를 향한 무한한 경외를 느낄 수 있었다.

실로 대단한 자들인 것은 맞지만, 교주님의 발끝에도 미치지 못합니다.

색목도왕의 눈빛이 그리 말했다.

삼영회연대진을 넘고 천력마도(天力魔刀)에 정통하면서, 그의 안목 또한 성장한 것이다.

그때.

끝이 났다.

하늘에서 누군가 떨어졌다.

무당의 노고수였다.

허공에서 제비 돌아 사뿐하게 내려서되, 기운이 역류한 얼굴은 점창파 장문인과 크게 다를 바가 없었다.

"아미타불."

소림 노승이 무당 노고수에게 합장하며 차분히 말한 반면, 무당 노고수는 패배감과 고통으로 얼룩진 얼굴로 가부좌를 틀고 앉았다.

적군 진형에서 탄식과 환호성이 터졌다.

하지만 내가 모두를 단 일합 만에 제압하고, 그들을 공력 대결로 유도했던 것이 불과 십오 분 전이다.

그만큼 네 고수의 공력 대결이 보기 힘든 진귀한 구경이었던 것은 사실이나…….

다시금 깨달을 수밖에 없었다.

감히 누가 우리 인간을 완전한 이성적 동물이라 했던가.

우리 인간의 정신은 이토록 우매하다.

매 순간 당장 눈앞의 현실에 현혹되어 어제를 잊고 내일을 보지 못한다.

"나라고 다르지 않겠지."

혼잣말로 중얼거린 뒤.

"무당과 점창은 패자(敗者)를 데려가고, 소림과 개방은 사문의 환단을 승자(勝者)에게 먹이거라."

적군 진형에 대고 말했다.

정도 무림인들 사이에서 삼파 일방의 제자들이 나왔다. 그들은 나를 광오하다고 욕하면서도 내 말에 따를 수밖에 없었다.

나는 그런 그들을 바라보며 여전히 몸을 일으키지 않았다.

팔짱까지 껴 보였다. 소림 노승과 개방 방주가 환단을 취하고 운기행공을 마칠 때까지 기다리겠다는 제스처였다.

호사가들은 무림 삼대 환단으로 소림의 대환단과 무당

의 태청단 그리고 본교의 혈영마단을 꼽는다. 즉, 소림의 대환단을 본교의 혈영마단과 동급을 놓고 보는데 과연 그럴 만했다.

소림 노승은 내공 대결에서 소진한 공력을 일시에 회복했을 뿐만 아니라, 도리어 전보다 진일보(進一步)한 면모를 보였다.

개방 방주 또한 당당히 일어섰다.

"본방이 소림에게 큰 빚을 졌습니다."

소림에서 그에게도 진귀하다는 그 대환단을 제공했기 때문이었다.

둘이 만감이 교차한 얼굴로 나를 노려보았다.

개방 방주가 본인의 진영을 돌아본 다음 입을 열었다.

"어린 마두야. 나야 보다시피 늙은 거지에 불과하지만, 네 녀석이 조롱했던 분들은 모두 무림 영웅들이시다. 천운이 따라 무림 영웅들을 조롱했을지 모르겠지만, 네 녀석의 천운도 여기까지다. 그나마 네 녀석도 사람이라고 일말의 의기(意氣)를 보였으니, 네 녀석의 시신은 개 먹이로 주지 않고 교도들에게 돌려주마."

모두가 들으라는 듯, 정확히는 운집한 정도 무림인들을 의식해서 낸 큰 소리였다.

와아아!

우매한 정도 무림인들이 환호성을 질렀다.

반면에 그 누구보다도 사마외도들을 증오해서, 암암리에 오계(五戒) 불살생(不殺生)을 어겨왔던 노승은 처음과 달리 말문을 닫았다.

"정말이지 너희 정도 무림인들은 하나같이 염치가 없구나."

개방 방주와 정도 무림인 쪽 진영을 번갈아 쳐다보며 말했다.

개방 방주의 얼굴이 뻘게졌다. 그도 부끄러움을 모르지 않았다.

스스슷.

개방 방주가 먼저 움직였다. 그 뒤를 이어 소림 노승의 발 또한 지면을 스쳤다.

항룡십팔장과 소림 장술의 기수식이 내 앞에서 펼쳐졌다.

전후 혹은 좌우 양측에서 자리 잡기보다는, 전방에서 공수교대를 할 심산으로 보였다. 바로 직전에 어떤 식으로 그들끼리 모욕적인 대결을 하게 되었는지 생각해 보면 당연한 일이다.

어쨌든.

이번에는 내가 먼저 선공을 가한다.

"막아 볼 수 있으면 어디 한번 막아 보거라!"

사방 광경이 일순간에 시선을 스치고 지나가고, 양 철권(鐵拳)을 앞으로 내뻗었다.

찰나의 순간이었지만 모든 게 담겨 있었다.

콰앙!

양팔에 휘감긴 십이양공의 기운이 두 마리의 적룡(赤龍)이 되어 늙은 거지와 중의 가슴을 때렸다.

"흐읍!"

소림 노승이 법장을 회전시키며 거리를 벌렸다.

개방 방주는 항룡(亢龍)을 연상케 하는 놀라운 신위로 펄쩍 뛰어올랐다.

하지만 충격의 순간 터져 나온 기파(氣波)가 물결치면서 그 둘을 이미 옥죄고 있었다.

기파에 갇혀 굼뜨게 움직이는 둘에 충격을 먹이는 것은 무척 쉬운 일이었다.

붉은 포물선을 그리며 밑에서 위로 치솟은 발끝으로 소림 노승의 턱이 걸렸다.

소림 노승의 금강력이 절정의 경지에 이르러 그를 금강불괴로 만들지 않았다면, 내 발끝이 그의 턱에 닿는 순간 그의 목은 주인을 잃고 용수철처럼 튕겨져 날아갔을 것이다.

소림 노승이 휘청거리면서 이십여 장 밀려났던 그 순간, 내 연격(連擊)이 개방 방주에게로 향했다.

깊숙이 들어오는 나를 보고 개방 방주가 양팔을 움직였다.

우우웅.

개방 방주의 심후한 공력이 일장(一掌)으로 모였다.

뻗치면 터질 그 힘은 분명히 용력(龍力)에 필적할 터.

나는 그가 펼치는 초식이 항룡십팔장 중에서도 가장 강맹하다고 알려진 화천대룡(火天大龍)임을 눈치챘다.

개방 방주가 내가 허초로 내지른 주먹을 피한 다음, 화천대룡의 수법으로 일장을 뻗어왔다.

내가 뻗은 연격이 허초임을 그 또한 알았을 것이다. 그럼에도 불구하고 그는 내가 대비를 하든 안 하든 하늘에 오른 용이 나를 집어삼키리라 믿어 의심치 않았다.

뿐만 아니라 바로 뒤에서 소림 노승이 날아들고 있었으니, 설사 공격이 실패한다 할지라도 소림 노승이 뒤를 맡아 줄 거라는 믿음 또한 있었던 것 같다.

번쩍 번쩍.

그러나 그는 알 수 없었다.

끊임없이 내 머릿속으로 밀려들어 오는 명왕단천공의 모든 이미지의 끝이 둘의 죽음으로 마무리되어 있다는 것을 말이다.

팡!

개방 방주의 손바닥과 내 손바닥이 맞부딪쳤다. 바로 그 순간, 내 전신에서 열기가 그쪽으로 화르르 타올라갔다.

"으읍!"

개방 방주의 두 눈이 부릅떠졌다.

개방 방주가 이를 악물면서 모든 기운을 손바닥 끝으로 방출했다.

하지만 탁, 하고 그의 팔굽이 꺾였다. 이어서 손목도 꺾였다.

내 손바닥은 그대로 가슴 깊숙이 밀고 들어가, 그의 손을 마주대고 명치 쪽까지 닿았다.

파앙!

기운이 한 번 더 폭발했다.

개방 방주가 걸치고 있던 넝마가 호랑이 발톱에 뜯긴 것마냥 갈가리 찢겨서 날아갔다.

개방 방주의 심장이 멎었다.

그가 눈을 뒤집어 까며 모래성처럼 무너진 자리로 소림 노승이 불쑥 뛰어들었다.

우우웅.

법장이 위에서 아래로 정수리를 짓이기듯이 떨어져 내

렸다. 가공할 만한 공력의 무게감이 얼굴과 어깨를 짓눌렀다.

소림 노승은 그의 법장이 먼저 내 머리를 때릴 것이라고 생각했을 테지만…….

내 발끝이 먼저 그의 턱에 닿았다.

그리고 이번에 금강불괴는 더 이상 그의 목을 지켜내지 못했다.

눈앞에서 피가 분수처럼 치솟아 오른 그때, 나도 몸을 솟구쳤다.

그리고는 사자후를 터트렸다.

"구파일방 모두 본교 앞에 무릎을 꿇었다. 이제는 너희 대국의 차례다. 전군 돌격하라!"

제3장

역천을 일으킨 사람

　"이보게. 이보게. 황가."

　"웬 호들갑인가."

　"그러는 황가야말로, 대낮부터 객잔에서 웬 술이야. 대체 이게 몇 병째야."

　"생각할 게 많은 세상이 아닌가."

　"헤헤헤. 누가 들으면 공자님 말씀 좀 배운 사람인 줄 알겠구만. 여기서 이러지 말고 나랑 같이 어디 좀 가세."

　"어디."

　"섬자장."

　"섬자장?"

"왜…… 삼루거리 위쪽으로 어마어마하게 큰 장원있잖아. 높으신 왕야께서 계시던 곳."

"이 사람아! 그 근처에는 얼씬도 하지 말라 하지 않았나. 목숨이 열 개쯤 있어도……. 절대 얼씬 말라고 누누이 말했지 않았나. 그들이…… 얼마나 무서운 사람들인지 자네는 몰라……. 하지만 난세에는……. 기회가……."

"취했나? 뭘 그리 횡설수설해. 그리고 자네는 모른다니. 예끼! 나도 다 알 거 아네. 만두쟁이나 나무꾼이나 거기서 거기지. 일어나, 일어나."

"……."

"황가. 자네가 맞았어. 왔다고 왔어. 그런데 정작 그렇게 말했던 당사자는 대낮부터 술이나 퍼마시고 있으니 원."

"왔다니. 설마?"

"그래. 왔다니까. 헤헤헤"

"깃발이 무슨 색이던가."

"당연히 금색이지. 그리고 황(皇) 자도 봤어. 천자(天子)께서 보낸 높으신 분들이 맞지?"

"결국……. 지금 왔다고? 이렇게 빨리 왔다는 것은……."

"어마어마한 행차네. 아직 늦지 않았을 거야. 그러니까

가자는 거네. 이런 진귀한 구경이 어디 흔하나.”

“잘 듣게. 쉿.”

“무섭게 왜 이러시나.”

“저들이 어디에서 온 지 아나?”

“그야 천자께서 계시던 곳에서 왔겠지. 자네는 날 바보 천치로 본다니까. 자네는 다 좋은데 그게 문제야.”

“아니. 적갑병(赤鉀兵)들 말일세.”

“그걸 알아서 뭘 한다고.”

“지금부터 내가 하는 얘기 잘 들으시게. 그들은 혈마교도들이네. 원래는 먼 서쪽 사막에서 있던 자들이라네. 자네야 모르겠지만 아는 이들은 다들 알고 있지. 특히 무림에서는.”

“웬일로 자네가 무림 이야기를 다 하고? 무림이라면 절대 입에 담지도 말라면서. 헤헤.”

“혈마교는 이제 무림의 일파가 아니네. 그들은 건국(建國)하고 말았어.”

“대체 무슨 말을 하는지 원. 혈마교가 뭔데…….”

“쉿.”

“읍읍! 읍읍!”

“소리 낮추시게. 그들은 어디에서도 들을 수 있다네. 알았나?”

"읍읍."

"손을 놓을 테니까 쉬이잇."

"말로 하지 더럽게 입에 손은."

"오늘로 새로운 나라가 서게 된다네."

"어디에?"

"여기에. 그리고 자네와 나는 그 나라의 백성이 되는 것이네."

"황가야. 많이 취했구만!"

"혈마교도들이 저 먼 사막에서 일어서고 여기까지 왔네. 그리고 여기까지를 그들 큰 나라의 영토로 삼을 거라네."

"도통 뭔 소리를 하는지 모르겠네."

"……천자(天子)가 두 분이 되는 것이네."

"그건 또 뭔 소리야."

"내가 무슨 말을 하는지 모르겠다면, 자네는 내가 시키는 대로만 하게."

"그러지. 내 황가 말 들어서 만두쟁이도 되고, 입에 풀칠이라도 하고 살고 있으니."

"지금 당장 관청으로 가게. 거기에서 이렇게 말하시게나."

"뭐라?"

"입교(入敎)하겠습니다. 혈마는 위대하시다, 이 말만 하게. 뭐라고 말하라 하였지?"

"입교하겠습니다. 혈마는 위대하시다. 헤헤"

"가서 그렇게만 말하게. 지금 당장 가게."

"지금 당장? 지금은 황가하고 천자께서 보내신 높으신 분들의 행차를 봐야지."

"내 말 듣지 않을 텐가?"

"그렇게 무섭게 좀 말하지 말게나."

"가게. 가서 뭐라고 말하라고 하였지?"

"입교하겠습니다. 혈마는 위대하시다."

"어서 가게. 그럼 앞으로 만두를 팔지 않아도 먹고 살수 있을 거라네."

"만두 파는 거 좋은데 왜 그렇게 말하나. 만두쟁이나 나무꾼이나. 헤헤."

"가게."

"황가야. 술 작작 마시고 내일 보세나."

"……그동안 고마웠네. 내가 해줄 수 있는 보답은 이것뿐. 이제는 혈마교의 시대라네."

*   *   *

만세지문의 정보력, 혈마군의 힘을 제대로 쓸 수 있게끔 한 대뇌단의 뛰어난 전술, 더 이상 높아질 곳 없을 만큼 치솟아 있던 사기.

그것들이 삼위일체(三位一體)된 혈마군은 평리대전을 치르는 동안 고금 역사상 세계에서 가장 강력한 군대였다.

우리는 평리대전에서 대승(大勝)했고, 며칠 뒤 황제의 사자가 왔다.

"자는 계원(季元). 이름은 백계진이라 하옵고, 관직은 상서(尚書)에 있사옵니다."

오래된 기억 속에서 흐릿해져 있던 얼굴이 비로소 선명해졌다.

그래 이자였다.

그때도 대국 황제의 사자로 이자가 왔었다.

무림 고수도 아니면서, 거마들 사이에서도 자신을 잃지 않고 있던 이 고관(高官)의 모습이 신선한 기억으로 남아 있었다.

그가 넓은 소매 안에서 두루마리를 꺼냈다.

"폐하의 친서이옵니다."

글자 하나 틀리지 않고 동일한 내용이 펼쳐졌다.

대국 황제는 본교와 나를 교국(敎國)과 교황(敎皇)이라고 지칭하면서 본교를 대국과 동일한 큰 나라로 인정했다.

물론 본교가 일국(一國)으로 서는데 대국 황제의 인가를 받을 필요는 없다.

그렇다 해도 본교가 스스로 큰 나라가 되었음을 선포하기 전에 먼저, 대국 황제가 사신을 보내 천명한다는 데 막을 이유 또한 없다.

당장 어제까지만 해도 한 하늘 아래 두 명의 천자(天子)를 용납하지 않던 그가 또 한 명의 천자를 인정하고 있으니, 그가 얼마나 큰 굴욕을 감내하고 있을지는 불 보듯 뻔한 일이었다.

"감히 감축하옵니다."

사신이 목소리가 내 상념을 깨며 끼어들었다.

그의 눈동자를 바라보는 그 순간, 이전 시간대에서 우리가 나누었던 대화가 주마등처럼 뇌리를 스치고 지나갔다.

"감축?"

"천하의 반을 발아래 두시고 백성들에게 일국의 황제로 불리시게 되셨사옵니다. 이 어찌 감축하지 않을 수 있겠사옵니까."

"천하의 반을 가져가 일국의 황제가 될 터이니 더 욕심을 부리지 말라는 말이렷다. 하지만 본좌는 이미

너희가 생각하는 것 이상이고, 아직도 너희 땅을 내 아
래로 가져올 힘이 있다. 자. 이제 어찌할 테냐?"

"예. 교황의 말씀대로 중원의 비옥한 땅은 이제부터
입니다. 섬서를 넘으면 하남과 호북이 있고, 사천을 넘
으면 중경과 귀주가 있사옵니다. 해서 폐하께서는 교
황께서 생각하시는 합당한 보상책을 듣고자 하시옵니
다."

"패전을 시인하는구나."

"예. 폐하께서는 금번(今番)에는 교황께서 이기셨다
고 전하라 하였사옵니다."

그때의 대화를 떠올리며 피식 웃었다.

흑웅혈마에게 사신을 턱짓해 가리키자, 흑웅혈마가 서
신 두 개를 사신에게 건넸다. 사신은 홍실과 청실로 각각
묶여 있는 두루마리를 품 안에 안듯이 받쳐 들고 허리를
숙였다.

"홍실을 풀어라."

"예."

홍실에 묶인 두루마리 안에는 승전국으로서 패전국에
당연히 요구할 법할 종전 합의 조건들이 적혀 있다.

이번 전쟁으로 말미암아 본교와 교도들이 입은 피해를

대국이 모두 환산하여 보상하고 손해배상금은 본교가 주체적으로 계산하여 통보하겠다는 것.

본교가 점령한 지역의 토지대장과 인명부 그리고 지도 일체를 인계할 것과 같은 일체 조항들은 유지하되.

지금은 무(無)가 되어버린 옥제황월의 패악에 대해선 다루지 않았다.

잠시 뒤, 두루마리 안을 한참 응시하던 사자가 나를 쳐다보며 입술을 뗐다.

"피해를 계산하는……."

"닥쳐라!"

전에는 분명히 그랬다.

나와 거마들의 흉흉한 눈빛을 받으면서도 흔들림 없는 자태를 유지하던 그의 모습에 박수를 쳐주고 싶었다. 무공을 익히지 않았을 뿐이지, 다른 면으로 강인한 사람이라고 생각했다.

왜 그때는 보지 못했단 말인가.

하지만 이제는 보인다.

전대 교주들이 반 천 년간 축적해온 안배의 결실을 삼일천하(三日天下)로 멸시할 뿐만 아니라, 처음부터 본교를 근본(根本) 없는 무력 집단쯤으로 보고 있다. 그런 본교를 백정의 가랑이 밑을 기었던 한신의 마음으로 상대해준다고 생각하고 있다.

"본좌는 그대에게 일언반구(一言半句)도 용납하지 않았다."

화악!

전신으로 기풍이 불어 나갔다.

사정없이 몰아치는 칼날 같은 바람.

틀어진 관모 사이로 흘러나온 사자의 머리칼이 질서없이 나부꼈다. 도포를 여몄던 호박 단추도 뜯어져 속살이 비쳤다.

바람이 사그라지자, 여인네의 치마 속에서 갓 기어 나온 것 같은 중년인만 있을 뿐이었다.

"크하하하!"

거마들이 웃음을 터트렸고, 사자의 얼굴이 붉게 상기됐다.

역시 내 생각이 틀리지 않았다.

딱 거기까지인 자였다.

학식뿐만 아니라 정신적으로도 그만큼 수련된 유자(儒者)였다면 낯빛 하나 바뀌지 않고, 도리어 웃는 낯으로 허리를 숙였을 것이다.

기억 한구석 속에 신선하게 남아있던 어떤 고관은 이제 더 이상 존재하지 않았다.

"여기가 어디라고! 패자(敗者)의 신하된 자가 주판을 굴리려 하느냐."

사자는 더 이상 날 똑바로 쳐다보질 못했다. 그저 그의 품에 안겨 있는 두루마리에만 시선을 고정시키고 있을 뿐이었다.

"그 두루마리 안에 담긴 조항들은 선차(先次)에 불과하다. 너희 대국이 선차 조항들에 수긍한다면, 우리는 후차 조항들에 대해 이야기할 수 있을 것이다. 이의 있느냐?"

"감히……. 없사옵니다. 소관이 폐하께 잘 말씀드리겠사옵니다. 소관 또한 천하 사민의 일인으로 태평(太平)을 바라옵니다."

사자의 기세가 바닥으로 처박혔다.

그렇다 해도 이것만으로 본교를 괄시하는 그의 생각이 바뀔 리는 없겠지만, 적어도 내 앞에서는 당당한 자세를 취할 수는 없을 것이다.

살짝 누그러진 듯한 자세로 입술을 뗐다.

"하면 청실을 풀어 보거라."

"예."

"읽어 보거라. 뭐라 써져 있느냐."

거기에 써져 있는 건 단 한 줄이다.

"……신의(信義)를 다하여 삼황(三皇)을 멸하는데 협력한다."

삼황?

그 이름을 알 리 없던 사신의 미간이 살짝 접혔다.

"너희 황제의 답을 가지고 오거라. 십 일이다. 십 일 뒤까지 답이 없다면, 본좌가 직접 군사를 이끌고 너희 황제에게 답을 들으러 가겠다. 하남 황성으로."

＊　　＊　　＊

황제의 답변을 기다리는 동안에도, 전후(戰後) 처리로 정신없는 나날들을 보내고 있었다.

전쟁이 끝나는 대로 폐관에 들겠다고 했던 흑웅혈마는 매 시(時)마다 올라오는 보고서들에 파묻혀 있었다. 색목도왕도 마찬가지다.

연공해야할 시간을 모조리 행정 처리에 쏟고 있다.

"소마, 색목도왕이옵니다."

"들어오너라."

색목도왕이 문을 열고 들어왔다.

그는 혼자가 아니었는데, 그와 함께 들어온 장로당 소속의 세 교도들 품 안에는 두루마리들이 한 아름씩 안겨 있었다.

그들이 가지고 온 두루마리들이 서탁 위로 산처럼 쌓였다.

"잠깐. 거기서 기다리거라. 오래 걸리지 않을 것이다."

돌아 나가려는 색목도왕을 향해 말했다.

그런 다음 바로 제일 상단에 있던 두루마리를 펼쳤다.

문건 안에 '화음(華陰)'이라는 첫 소절을 보는 순간, 바로 기억이 났다. 길고 긴 밑은 더 읽어 볼 것도 없었다.

스윽.

붓을 들어 낙점(落點)했다.

나와 눈이 마주친 색목도왕은 애써서 표정을 고쳤으나, 순간 당황했던 빛을 지워내지는 못했다.

그럴 수밖에 없었던 것이 색목도왕 입장에서는 내가 안건을 보지도 않고 허가 결정을 내린 것으로밖에 보일 수 없었다.

"왜 그러느냐. 설마하니 본 교주가 내용도 읽지 않고 낙점한 것 같으냐."

"아, 아닙니다."

다음 두루마리를 펼쳤다.

첫 소절만 보면 판가름이 난다.

승인해야 할 것인지 반려해야 할 것인지.

흥미롭게도 그것들을 다루었던 이전 시간대에서의 기억

들이 완전히 돌아와 있었다.

두 번째도 승인해야 할 내용이었다. 붓으로 점을 찍었다. 그러자 색목도왕의 눈동자가 당혹감으로 다시 흔들렸다.

"교주님. 화음(華陰)은……."

결국, 말하기로 결정한 모양이다.

나는 모른 체하면서 입을 열었다.

"밑으로 화산의 산세가 험준하고 위와 앞으로는 큰 강이 흘러 방어에 용이할 뿐만 아니라, 뒤로 뻗은 관도(官道)가 서안까지 닿아 보급에 어려움이 없고, 삼서와 하남의 경계면과 닿아 있어 적들의 용태(容態)를 살필 수 있으니."

"아……."

"섬서성의 오관(五關) 중 화음관이 가장 으뜸이라 할 수 있다. 화음관을 관두(關頭)로 삼아 섬서성과 하남성과 맞닿은 국경을 공고히 하되."

방금 낙점한 두루마리를 집게손가락으로 툭툭 건드리며 말이 이었다.

"이 안건에서처럼 안강과 유림에 관을 새로 설치하여 관미(關眉)로 삼는다면. 사관(四關)으로 중앙을 두텁게 하고 바깥으로는 이족과 호북까지 경계할 수 있으니, 섬서

성의 내치에 힘을 쏟을 수 있지 않겠느냐 해서 낙점한 것
이다."

"교주님……."

색목도왕의 얼굴이 어리둥절해졌다. 내게 고개를 꾸벅
인 다음 한쪽에 치워 두었던 첫 번째 두루마리를 살폈다.

색목도왕은 눈만 깜박깜박거리고 있었다.

방금 낙점했던 안건도 색목도왕이 있는 쪽으로 치우고,
다음 안건들을 빠르게 처리해 나갔다.

색목도왕이 생각했을 때에도 합당하지 않은 결정들이
없었을 뿐만 아니라, 펼치자마자 그런 결정을 짓는 내 모
습에 크게 놀란 것 같았다.

그렇다고 할 수 있는 것을 일부러 못하는 것처럼 연기
하고 싶은 마음은 없었다.

전쟁이 끝나고 옛 땅들을 되찾은 것처럼 거대한 땅의
통치자가 가져야 할 책임감 또한 마찬가지로 돌아왔다.

예전의 나는 이때쯤 해서 현대 세상으로 넘어갔다.

아니, 도망쳤다.

내 힘과 책임감을 되돌아보고, 보다 나아지는 세상을
이룩하기 위한 마음가짐을 다져야겠다는 게 명분이었지
만…….

결국 어떤 결과를 초래했던가.

그래서 넘어간 게 아니라 도망친 것이다.

가장 중요한 순간에 그런 결정을 내렸던 그때의 내가 한심하고 부끄럽다.

"이게 마지막인가?"

채 십 분도 되지 않아서 모든 두루마리가 풀어졌다 다시 말렸다.

그 과정을 모두 지켜보고 있던 색목도왕이 내 목소리에 정신을 차리며 그렇다고 대답했다.

"많이 피곤해 보이는구나. 이틀간 철야를 했다던데 맞느냐?"

"장로 위(位)의 거마로서 당연히 해야 할 일들이었습니다."

색목도왕이 딱 부러지게 대답했다.

시간을 넘어온 것은 나뿐인데, 색목도왕도 달라졌다. 그는 지난 시간대에서처럼 과중한 업무에 볼멘소리를 하지 않고 해야 할 말 만했다.

전쟁을 거치면서 나를 대하는 색목도왕의 태도가 눈에 띄게 달라졌다.

그렇다고는 하나 섭섭하지 않았다. 그렇게 생각해야 하는 게 맞았다.

전쟁은 이제부터 시작이다.

앞으로 본교가 교국(敎國)으로서 서는데 헤쳐나가야 할 수많은 문제들을 생각해보면, 지금 당장은 정을 나눌 친구보다도 충실하고 성실한 수하가 필요하기 때문이다.

"곧 내당과 치혈마문에서 지원이 올 것이다. 그러면 장로당에서도 한 짐 덜어 놓을 수 있을 것이다."

"예."

"색목도왕. 긴장을 풀지 말거라. 이제 겨우 조그마한 전투 하나가 끝났을 뿐이다."

"예. 명심하겠사옵니다."

"몇 번을 강조해도 부족할 것이다. 본교는 이제 큰 나라가 되었다. 허나 커진 덩치에 비해 준비해온 내실이 턱없이 부족하다. 대국과의 전쟁은 앞으로 우리가 겪어야 할 전쟁에 비하면, 터무니없이 쉬웠다는 걸 알게 될 것이다."

"소마. 명심. 또 명심하여. 목숨을 다해 교주님을 보필하겠습니다."

데드라인.

마지막 십 일째에 이르러서야 황제의 사자가 도착했다는 보고를 받았다.

그때 나는 흑웅혈마와 색목도왕을 비롯하여 모든 거마

들이 벌이고 있는 설전(舌戰) 속에 있었다.

내세가 아닌 현세에 집중하는 종교가 바로 혈마교다. 본교는 욕망 자체를 현세를 행복하게 살아갈 수 있는 수단으로 삼는다.

야욕으로 변하지 않는 한 순수한 욕망은 악한 것이 아니다.

다들 욕망에 이글거리는 눈빛으로 열변을 토한다. 자신의 안건이 채택되어, 교국 안에서 큰 힘을 갖길 원한다.

그런 그들에게 내가 던졌던 논건은 '관군이 없어진 반천하의 치안을 어떻게 다스릴 것인가'였다.

거시적인 관점에서 교국이 지향해야 할 관료 체계에 대한 물음이었으며, 현재 전국 각지에서 일어나고 있는 정파 잔당들의 게릴라식 움직임과 호가호위(狐假虎威)하고 있는 사파들 그리고 난세를 틈타 일어난 도적들에 대한 현실적인 물음이기도 했다.

지끈거리던 이마를 손에 덮은 채 그들을 바라보고 있다가, 팔을 휘휘 저었다.

사실은 그 논건에 대한 답을 듣기 위한 자리가 아니었다.

나는 사람을 보고 있었다.

안타깝게도 그들 중에는 내가 찾던 인물이 없었다.

그나마 흑웅혈마와 사귀사마 팔단에서 '뇌(腦)'를 담당하는 삼뇌자와 상청 그리고 그간 십시의 행정을 맡아왔던 천수포인이 눈에 띄긴 했다.

그러나 그래도 그들에게선 '정도전'이 보이지 않았다.

"그만."

내 한마디가 흘러나가는 순간.

장내의 소란이 뚝 멈췄다.

"대국 황제의 사자를 들여보내라."

그 말에 거마들이 하던 말들을 삼키고 양쪽으로 기립했다.

사자 계원이 사신단과 함께 장내로 들어왔다.

나와 두 번째로 마주한 사자의 태도가 확실히 달라져 있었다.

은연히 내 눈치를 살피면서, 한 번 들여 마셔도 충분한 숨을 두 번 나눠어 쉰다.

"답신을 가지고 왔군."

내가 말했다.

"예. 황제 폐하께서……."

내가 일어서자 그가 말을 마치지 못한 채 나를 올려다 봤다.

나는 단상에서 내려가 사신 계원 앞에 섰다.

살기를 일으킬 것도 없이 그의 몸이 먼저 반응했다.

지난 십 일 동안 본인도 모르게 꾸준히 복습해 왔던 모양이다. 그의 어깨가 파리하게 떨리기 시작했다.

하지만 정작 나는 그에게 관심이 없었다.

"비켜라."

그를 옆으로 밀어붙인 다음, 멀찍이 서 있는 소동(小童)에게 걸어갔다.

남자아이용 도포가 아니었다면, 외모만 봐서는 남자아이인지 여자아이인지 구분이 되지 않을 정도로 예쁜 아이였다.

"광오한 건 본좌가 아니라 바로 네놈인 것 같군."

내 말에 아이가 눈이 부드러운 호선을 그렸다.

"무…… 무슨 오해가 있는 것이옵니다. 소관이 무슨 잘못을 하였사옵니까."

당황한 사신의 목소리가 등 뒤에서 들려왔다.

그의 반응으로 보건대, 그는 언질을 받지 못한 모양이었다.

"그대는 이 이상 나서지 말아라."

내 목소리가 바닥 위로 자욱하게 깔렸다.

다시 소동에게로 시선을 돌렸다.

모르긴 몰라도, 때가 묻지 않은 순수한 얼굴 위에 그려진 그 미소에 마음을 빼앗긴 거마도 있을 것이다.

"반로환동 치고는 신기하군. 나이를 먹지 않은 것이냐."

비로소 내 그 말에 소동의 연한 입술이 열렸다.

"교주를 진작에 만나보고 싶었소. 역천(逆天)을 일으킨 사람을……."

목소리도 깨끗했다.

"교주님!"

색목도왕과 흑응혈마가 목소리를 터트렸다.

소동이 겉으로 흘리는 기운은 없다.

그러나 상황만으로도 모두 짐작할 수 있었다.

단순히 사신단의 심부름꾼이 아니라 기운을 감출 수 있을 정도로 대단한 고수임을 말이다.

내가 허락하는 의미로 고개를 끄덕여 보이자, 사방에서 거마들이 몸을 날려 왔다.

사신 계원이 처음 보여주었던 그 대나무 같았던 곧은 자세는 온데간데없이 사라지고, 겁먹은 강아지 한 마리만이 부들부들 떨면서 사색이 되어 있었다.

뿐만 아니라 사신 계원과 함께 왔던 사신단 모두가 그러했다.

단 한 사람, 소동만이 동요하지 않았다.

소동이 분명히 어여쁜 미소를 머금으며 다시 입을 열었다.

"교주. 여기서 이럴 것이 아니라, 차나 한 잔 내 주시지 않겠소. 어차피 이 늙은이의 목숨이야 이제 교주의 낭중(囊中)에 있지 않소."

"확실히 하는 게 좋겠군. 네놈이 삼황이냐?"

"그럼 누구겠소. 이 늙은이가 바로 그 삼황 중 한 명이라오. 그럼 이제 차를 내 주시는게요?"

소동.

아니, 어린아이의 탈을 쓴 놈이 태연자약하게 대답했다.

"네 이놈. 계원!"

내가 자신을 바라보고 있는 것조차 인지하지 못할 정도로, 사자 계원은 완전히 얼이 나가 있었다.

내 큰 목소리가 사자의 전신을 강하게 때렸다. 그가 눈을 몇 번 깜박이다가, 제대로 초점이 돌아온 눈으로 나를 쳐다봤다.

그리고는 황급히 허리를 숙였다.

"이게 정녕 너희 대국의 뜻이란 말이냐. 이러고도 종전(終戰)을 논하다니. 본좌가 당장 네놈의 목을 베고 하북으로 진격하길 바라지 않고서야, 회담을 이리도 엉망으로 만들어 놓을 수 없음이다."

"기…… 기다려 주시옵소서. 소관은 조금도 모르는 일이옵니다. 폐하의 답신을……."

계원이 허둥대면서 그의 사신단을 찾아 눈동자를 굴렸다.

"폐하의 답신을 가져 오거라. 어서어서."

그가 고고한 선비의 체면도 잊고 손목을 연신 꺾어댔다.

혼이 나가 있던 건 사신단도 마찬가지였다. 사신단 중 겨우 정신을 차린 하나가 비단으로 감싼 궤짝 안에서 황금색 두루마리를 꺼냈다.

그것은 사자 계원의 손을 거쳐 내게로 넘어왔다. 긴 글이었지만 내용은 결국 한 문장으로 축약된다.

다른 모든 조항들을 수용하겠으나 그것만큼은 불가(不可)하다.

삼황을 멸하는데 협력할 수 없다는 거다. 그런데 정작 대국 황제는 답신과는 달리, 사신단 안에 삼황을 끼워 보냈다.

"천(天), 지(地), 인(人). 어느 쪽이냐."

"지."

놈이 미소를 머금은 채 대답했다.

"지황이란 말이지. 황제가 보내서 왔느냐?"

"교주는 우리에 대해서 모르는가 보오."

"아니. 네놈들이 황제의 명령을 받지 않는다는 것쯤은 알고 있다. 하지만 지금, 네놈은 사신단에 합류해서 들어왔다. 그게 무엇을 뜻하는지 모른다고 말하지는 않겠지?"

답신을 구겨 사자 계원에게 던졌다.

"읽어 보아라."

계원의 얼굴 위로 점점 의아한 빛이 번진다. 종국에는 안색이 사색으로 변하였다.

호오라. 벌써 알아차린 것이냐? 계원의 빠른 눈치에 솔직히 감탄했다.

역시 수많은 정쟁(政爭)을 겪어온 노련한 고관다웠다.

"송…… 송구하오나 사신단 일체의 책임은 모두 소관에게 있사옵니다. 소관이 소동(小童)……. 아니, 삼황과 대화를 나눌 수 있겠사옵니까?"

계원은 그가 할 수 있는 가장 공손한 태도로 청해왔다.

이대로 가만히 있다가는 효수(梟首) 당할 거라는 것을 알아차린 게 분명했다.

맞다.

사신단 모두를 효수할 생각이었다.

계원이 침을 꼴깍꼴깍 넘기며 내 허락을 기다렸다.

"그대가 대국, 사신단의 수장이니."

대수롭지 않게 말하지 않았지만, 그 한마디에 계원의
얼굴이 더욱 새파랗게 질렸다.

쓰윽.

내가 뒤로 가볍게 손을 저어 보이자, 지황을 포위하고
있던 본교의 거마들이 다섯 장 정도 물러났다. 나도 뒤로
살짝 빠졌다.

사자 계원이 그 틈을 비집고 조심스럽게 들어왔다. 그
런 그의 모습은 칼날 위를 걷는 도박꾼 같아 보였다.

그러니까 제 관자놀이에 딱 붙여져서 겨눠진 총구를 제
대로 인식하고 있는 있었다.

"선생 때문에 소관은 물론이고 본국이 많이 곤란해졌습
니다. 해명해 주십시오."

"이 늙은이가 해명할 게 무엇 있겠나."

꽃잎을 붙여 만든 것 같은 귀여운 입술에서 노인의 어
투가 흘러나온다.

그런데도 거기에 위화감을 느끼는 이가 누구 하나 없었
다.

"본 단에는 어떻게 들어오신 겁니까?"

뒤에 물음은 지황에게 향한 것이 아니었다.

계원이 사신단들을 바라보았는데, 전부가 고개를 설레설레 젓거나 눈만 깜빡거리는 게 전부였다.

"폐하의 뜻이었사옵니까? 선생께 교국을 지켜보라 하셨습니까?"

"염탐? 허허. 네 녀석은 건룡의 신하가 아니더냐. 헌데 하는 꼴은 영락없이 교주의 신하가 아닌가."

"그러니 해명해 달라 하는 겁니다. 선생은 선생과 본단의 목숨만을 위험하게 할 뿐만 아니라, 대국에 전란을 가져오고 있습니다. 이는 폐하께서 바리시는 일이 아닙니다."

"맞다. 그것은 건룡의 뜻이 아니지. 그 때문에 이 늙은이가 온 것이 아니냐."

"폐하께서는 모르시는 일이라는 것입니까? 아니면 밀명이 있었다는 것입니까. 확실히 하셔야 합니다."

"여기서 밝히라는 것이냐. 그리고 이 늙은이와 교주의 대화를 듣지 않았느냐. 건룡은 우리에게 명령을 내릴 수 없다."

"하명(下命)을 받지 아니한다 해도……. 소관은 선생을 모릅니다. 어쩌면 선생은 황실의 웃어르신인지도 모르겠습니다. 아둔한 소관마저도 황제 폐하와 선생의 친연(親緣)을 짐작하건대, 교황께서 모르시겠습니까. 또한 선생은 본 단과 함께 들어왔습니다. 어떻게 보이는지 모르시지 않을 겁니다."

"허어."

"만일 소관이 모르는 황제 폐하의 밀명을 수행하고 있었다면 선생은 들키지 않으셨어야 했습니다. 헌데 들켰고 선생께서도 스스로 정체를 밝히셨으니, 대국의 안위와 황제 폐하의 용단을 천하에 이르게 하기 위해서라도……. 소관이 이렇게 부탁드립니다."

사신 계원이 지황을 향해 허리를 깊게 숙였다.

"부디……."

끝말을 차마 잊지 못했지만 다들 알고 있었다.

부디 자결하십시오.

"크하하하!"

"허허허!"

나와 지황의 큰 웃음소리가 동시에 터져 나왔다.

그러던 문득, 웃음소리가 딱 멎으며 서늘한 적막이 내려앉았다.

"자결할 것이냐?"

내 그 물음에 모든 시선이 지황에게로 쏠렸다.

"참으로 겁이 없는 아이요. 교주. 이 늙은이가 대신하여 사과하겠소. 제 목숨이 급하니 아무것도 보이지 않는 모양이오."

"목숨이 급한 건 네놈이 아니냐."

"교주. 정녕 그렇게 생각하시오?"

순간.

화아아악!

지황의 호선 그린 눈매 안에서 백광(白光)이 번뜩였다.

"헌데 궁금하지 않은 모양이오? 이 늙은이가 온 이유 말이오."

"크큭."

웃음을 삼키며 피식 웃었다.

처음에는 어떤 속셈을 가지고 찾아왔나, 수많은 생각이 들기는 했었다.

그러나 방금 전에 놈이 방출했던 순백색의 안광이 내 전면을 부딪치고 지나갔을 때, 그 복잡했던 생각들도 모조리 날아가 버렸다.

"교주를 진작에 만나보고 싶었소. 역천(逆天)을 일

으킨 사람을……."

놈은 진작에 목적을 밝혔고 거짓말을 할 필요가 없었
다.

정말로 내가 궁금해서 찾아왔다. 어떻게 생겨 먹은 놈
인지 직접 보기 위해서, 그래서 된다 싶으면 나를 제압하
고 아니다 싶으면 후퇴하고.

복잡하게 생각할 것 없다.

입장을 바꿔 이쪽에서 황성으로 난입한다 해도, 나도
얼마든지 그럴 자신이 있었다.

내가 그렇듯 놈이 그렇듯, 우리는 초(超)절정 고수다.

"네놈의 의도야 뻔하지 않느냐. 어쨌든 네놈이 이리 와
주니, 본좌는 수고를 덜었군."

"허허허."

그때, 사자 계원의 목소리가 장내를 꿰뚫었다.

"선생! 자결해 주십시오. 만천하를 위해 이렇게 간청을
드리나이다."

참다못해 계원이 외쳤고, 다른 사신단들도 엎드리며 빌
었다.

사신단 모두가 알았다. 놈이 죽지 않고서는 살아날 길
이 없다는 것을 말이다.

"너희들에게 미안하구나."

놈이 계속 말했다.

"너희들이 돌아간 다음에 교주와 대면하려 하였다. 헌데 교주의 무공이 이리도 고강하니, 보자마자 들키고 말았구나."

놈의 고개가 내 쪽으로 틀어졌다.

"교주. 이 아이들은 노부와 상관이 없소. 목숨만은 거두지 마시오."

"그리한다면 본좌 앞에서 목숨을 끊겠느냐?"

사신단을 안쓰럽게 쳐다보던 놈의 얼굴에 짧은 미소가 스치고 지나갔다.

아주 찰나의 순간이지만, 내 물음에 대답을 하지 않았지만.

그럴 리가 있겠소.

그 무언의 메시지를 느낄 수 있었다.

"교주. 정녕 차를 내 주시지 않을 거요? 아이들 앞에서 나눌 이야기가 아니지 않소."

"무엇이?"

"역천(逆天) 말이외다. 언제까지 아이들 앞에서 천기순행(天氣巡行)을 논해야 하겠소?"

놈이 문득 고개를 한 바퀴 크게 돌리며 나와 거마들을

쳐다봤다.

"하……."

깊은 한숨 뒤.

놈의 어린 얼굴 위로 한없이 깊은 수심이 드리웠다.

"죽은 자들이 살아나서 이 늙은이를 보고 있는 것인지. 아니면 이 늙은이가 죽어서 살아있는 자들을 보고 있는 것인지……."

"역천? 무슨 말을 하는 것이냐."

무(無)로 돌려진 시간을 말하는 것이겠지.

"시치미 떼지 마시오."

놈의 얼굴이 싸늘하게 굳었다.

"선생!"

계원을 비롯한 사신단 일동이 소리쳤다.

"아무래도 교주는 이 늙은이와 대화를 나눌 준비가 되지 않았나 보오. 노부는 돌아가겠소."

"돌아간다?"

"교주가 준비되었을 때 다시 찾아오겠소. 그리고 이 아이들은 교주가 아량을 베풀어, 부디 살려 주시오. 이 아이들이 잘못한 게 무엇있겠소. 살려만 준다면 내 잊지 않으리다."

놈이 차분하게 말했다.

"크…… 크, 크큭."

고개를 설레설레 저었다.

"돌아갈 수 있을 것 같으냐?"

"교주는 이 늙은이에게 신경 쓰기에는 공사가 다망하
오."

서로 힘을 빼지 말자는 것을 돌려 말하고 있었다.

"동방 무림에는 어찌 이리도 하나같이 염치없는 자들뿐
인가. 네놈 때문에 삼십 명이 넘는 사신단 전원이 죽을 것
인데, 이대로 가겠다?"

"천명(天命)이 거기까지라면……."

그렇게 말하며 미소 짓는 놈의 얼굴에 당장 주먹을 꽂
고 싶었다.

"그리고 교주. 결코 사천과 섬서를 넘지 마시오. 장담
컨대, 교주가 죽는 날까지 그 전쟁의 끝을 보지 못하게 될
것이오. 사실 이 말을 하러 왔소이다아아……."

놈의 목소리가 사방으로 번져 나갔다. 퍼지기 시작한
기파(氣波)에 흔들려 놈이 남겼던 잔상 또한 흩어졌다.

찰나의 순간.

놈이 서 있던 자리에서 흔적도 없이 사라졌다.

"선생! 선생!"

계원과 사신단들이 애타게 부르짖고,

"찾아라! 당장!"

흑웅혈마의 분노한 음성이 쩌렁쩌렁 울렸다.

바로 그때였다.

천장이 무너졌다.

와르르 쏟아진 흙먼지 사이에서 한 인형이 몸을 훌훌 털면서 일어섰고, 십이양공의 열기를 흠뻑 머금은 흑천마검이 허공을 찌르듯이 들어와 내 손아귀 안으로 감싸였다.

"마음대로 돌아갈 수 있을 것 같더냐."

쏴아아악!

제4장

잘린 팔 그리고

"성공했었어야지. 단 한 번뿐인 기회였는데."

"허……."

"이십마(二十魔) 천주망(千蛛網)을 펼쳐라."

흑웅혈마와 색목도왕이 내 명령만을 기다리고 있었다.

"개진(開陣)!"

두 혈마장로가 동시에 외치면서 창밖으로 몸을 날렸다. 그 뒤를 이어 어둠의 그림자들이 바람 소리를 내면서 자취를 감추었다.

장내에 있던 본교의 거마들 또한 일제히 사라지고, 이제 남은 것은 사신단과 지황뿐이다.

계원이 우리 둘을 번갈아 쳐다보다가, 먼저 도망치기 시작한 사신단을 따라서 도포 자락을 걷어붙였다.

"교주. 이 늙은이를 내버려 두시오. 교주의 사람들이 많이 다칠 것이외다."

"아직도 본좌에게 허장성세(虛張聲勢)가 통할 것 같으냐. 네놈 꼴을 보거라."

깔끔했던 비단 도포가 흙먼지에 뒤덮이고, 군데군데 찢긴 구석도 있었다. 놈이 제 꼴을 가만히 내려 보다가 중얼거리듯이 말했다.

"허 참……. 이 늙은이를 우매하다 여기지 마시오. 교주. 역천(逆天)이 모든 걸 바꿔놓았으니."

"그러니 하늘에 감사하거라."

이전이었다면 놈을 상대하기 위해서 흑천마검과 합일했을 것이다. 그랬다면 놈은 이렇게 주절거릴 틈도 없이 한낱 개미와 같은 존재가 되었을 테지.

"교주. 정녕 사생결단을 해야겠소?"

"본좌와 본교를 가볍게 여긴 대가를 치러야 하지 않겠느냐."

"쉽지만은 않을 것이오. 허……."

그러면서 놈이 고개를 설레설레 저었다. 본인 입으로 그런 식의 말을 하게 될 날이 있을 줄이야. 꿈에도 몰랐다는 듯이 말이다.

"다시 묻겠소. 정녕 이 늙은이와 싸워야만 하겠소?"

대답할 가치도 없는 물음이었다. 내가 대답하지 않자, 놈이 말을 이어 붙였다.

"교주. 이 늙은이가 교주를 제대로 살피지 못하여 자충수(自充手)를 둔 게 맞소. 허나 천기를 읽는다면 아실 게요. 노부의 천명(天命)은 오늘로 다하지 않소."

놈의 오른발이 앞쪽으로 스윽 움직였다.

"아무래도 교주 또한 자충수를 두고 있는 모양이외다."

바로 그때, 놈의 쏜살같이 튀어나왔다.

순식간에 품 안으로 파고들면서 작은 두 주먹을 번갈아 내질렀다.

그 주먹 끝으로 실린 공력이 실로 대단했을 뿐만 아니라 거기에 실린 초식의 변화가 예측하기 힘들 만큼 다채로웠다.

그러나 그 정도 선수(先手)에 당할 내가 아니었다. 내 잔상이 흔들린 그 자리를 놈의 강기가 꿰뚫고 지나갔다.

쾅!

벽면에 부딪혔다.

벽면 전체가 날아가던 그때, 지축이 한쪽으로 기울면서 대전(大殿) 전체도 무너져 내리기 시작했다.

우리는 잔재들을 뚫고 허공으로 치솟아 올랐다.

쉬이익.

사방에서 공력이 실린 비수들이 날아들었다.

소낙비가 하늘에서 떨어지는 게 아니라 옆과 밑에서 거꾸로 쳐오르듯이, 시야를 가득 채운 그것들이 놈에게로 향했다.

놈이 두 팔을 움직였다. 백광(白光)으로 커다란 물결을 만들었다. 흡사 오로라 혹은 천국에 흐르는 강과 같아서 보기에는 아름답다.

그러나 그것이 놈의 전신을 감싼 순간, 아름다운 물결에서 인간들에게 진노한 백룡(白龍)으로 탈피했다.

비수들이 백룡의 비늘을 꿰뚫지 못하고 부딪치자마자 튕겨져 나갔다.

놈이 몸을 크게 회전시키며 장력을 발출하기 시작하니, 그야말로 잔뜩 화가 난 백룡이 울부짖는 꼴이었다. 백룡의 분노가 놈에게 비수를 던졌던 교도들에게 향했다.

이십마 천주망.

거마 스무 명과 본교의 고수 일천 명이 거대한 진을 짜서 땅에서 움직이고 하늘로 솟구치고 있는 중이었다.

놈의 장력들이 교도들에게 쏟아지는 광경을 보면서 흑천마검을 세차게 휘둘렀다. 마기와 열기가 한데 뒤섞인

검붉은 기운이 쏟아져 나왔다.

넓고 큰 검옥(劍獄)을 형성하며 교도들에게 향했던 장력들을 고스란히 받아냈다.

팡! 파아아앙!

팡팡팡!

거기서 인 미칠 듯한 폭음(爆音)이 터졌다. 그 여파로 땅과 함께 건물들이 뒤집혔다.

"어디에 한눈을 파는 것이냐!"

내가 그렇게 외치던 바로 그때였다. 진작 이기어검으로 날려 보냈던 마검이 놈의 호신강기를 뚫으며 모습을 드러냈다.

놈이 황급히 몸을 비틀면서 마검을 쳐내려 했지만, 초절정 고수 간의 대결에서 잠깐의 틈은 돌이킬 수 없는 결과를 가져오는 법이다.

"푸악!"

놈이 선혈을 토해내며 추락했다. 놈은 사지(四肢)를 택하고 피해를 안쪽으로 돌린 것이었다. 그래서 내상이 틀림없어 보였다.

그런데 땅을 짚고 일어서던 놈의 몸에서 다시금 백광(白光)이 터지는 순간, 놈의 얼굴이 본연의 혈색을 되찾는 것이 아닌가?

"기묘하구나!"

진심으로 놀라 말했다.

아주 잠깐이었지만, 놈의 원기(元氣)가 이슬람 제국의 살라딘들만큼이나 빠르게 회전했었다.

물론 팔만 팔천 개의 할라 전부를 관통하는 이슬람 제국의 정통식 방법은 아니라고 해도, 중원에서는 볼 수 없었던 새로운 방식을 중원의 수호자라는 놈에게 본 것이 놀라웠다.

그러고 보니 놈의 백광(白光)은 계속해서 미간을 시작으로 터지고 있었다.

세 번째 눈의 위치. 중원에서는 상단전이라 불리는 곳.

이제 알겠다.

뒤섞여 있던 직소 퍼즐들이 한 번에 맞춰지는 기분이 들었다.

"네놈도 아쉽겠군. 음…… . 정통(正統)한 방법으로 상단전을 연 것이 아니라 해도 그 정도면 대단하다 할 수 있겠지."

놈이 출수하려던 몸을 우뚝 멈춰 세웠다.

읍!

놈의 눈이 큼지막하게 변해 있었다.

"교주 또한…… . 사람을 놀래키는 재주가 참으로 대단하오. 어디까지 보았소?"

"그 몸도 그때 얻은 것이 아니더냐. 꽤 오래된 것 같군. 선천진기로 임독양맥을 타통해 상단전으로 올릴 때부터 그리되었을 테니."

"허참…… 정사, 중원세외, 천상속세를 떠나…… 놀라운 사람이오. 인정할 수밖에 없겠소이다."

"서역에 가본 적이 있느냐?"

"없소이다."

"하면 내게 그리 놀랄 것도 없다. 나야말로 네놈, 아니 너희들이 놀랍구나."

비록 사이비(似而非)라고 해도 상단전을 연다는 것은 그만큼 대단한 일이다.

가설만 세워지고 증명이 안 되는 무수히 많은 미스테리들처럼, 이론으로만 존재하는 추상적인 개념이라고 해도 과언이 아니다.

단전이라 함은 무릇 단을 배양하는 밭이다. 그런 의미에서 세 번째 눈도 상단전이라고는 할 수 없었다. 단지 비슷해 보이기만 할 뿐이지.

"어쨌든 정통하지 않아서 축기를 하지 못해, 결국 선천진기의 자리를 옮긴 것에 불과하다."

"그러니 속세에 계속 머무는 것이 아니겠소. 오늘 이

늙은이가 교주를 보러 왔다지만, 실은 교주가 이 늙은이를 보게 된 격이구려."

"돌이키기엔 너무 늦은 것 같구나. 놈."

"교주. 하나만 물읍시다. 교주가 우리를 적대하는 것은 당연하오. 교주는 중원으로 들어오고 싶어 하고, 우리는 교주를 막아야 하는 입장이니 말이오. 그렇다 해도……."

"보이는 것이로군? 본좌의 마음이?"

중간에 말을 가로챘다.

놈이 잠깐 생각하는 듯하더니 고개를 끄덕이며 인정했다.

"이제 와서 감출 수 있겠소? 그렇소. 교주의 말대로 정통한 방법으로 상단전을 연 것이 아니라 의념 전부 읽을 순 없소. 해도 오정(五情)쯤은 볼 수 있다오."

"그러면 피할 수 없음을 알겠구나. 잡설은 여기까지다."

놈의 표정도 바뀌었다.

작고 어여뻐서 선계에서 내려온 동자 같았던 그 얼굴에 살기가 깃들었다.

작은 악귀처럼 변해버린 그 얼굴을 한눈에 가득 담으며 지면을 박찼다.

타타탓.

명왕단천공의 이미지들이 더욱 다양하게 펼쳐졌다. 직전에 나누었던 일합(一合) 덕분이다.

놈이 또다시 백색 빛의 호신강기를 몸에 두르며 맞은편에서 달려들었다.

쾅하고 부딪치려던 그 찰나, 역시나 놈의 넓은 소매 안에서 연검(軟劍) 모습을 드러냈다.

명왕단천공이 경고했던 그것이었다!

그것이 미끄러져 나온 그대로 내 목으로 날아왔다.

"아직도 본좌를 허투루 보고 있느냐."

마검을 쥐고 있던 손을 놓자 연검이 마검에 감겼다.

놈의 얼굴에 당혹감이 서렸다.

내가 놈의 상단전의 비밀을 풀었을 때보다 더 당황한 것 같았다. 그럴 수밖에 없게도 조금 전의 한 수는 놈의 필살기였다.

감기는 모습이 매끄럽지만, 터져 나온 기운들은 칼날만큼이나 날카롭다. 만월(彎月)로 형상된 강기 수십 개가 일대에 휘몰아쳤다.

그렇게 흉흉해도 실패는 실패.

놈이 기운을 터트렸던 것은 거리를 벌리기 위함이지, 실제로 그 공격이 내게 유효할 거라고 생각해서 한 일은 아니었다.

"어딜!"

허공에서 흑천마검을 낚아채면서 놈을 뒤쫓아 갔다.

이십마 천주망도 놈을 따라서 크게 움직였다.

그러던 문득.

놈이 내 쪽으로 방향을 틀었다.

제비를 돌면서 허공을 두 번 밟아 시위를 떠난 화살처럼 빠르게 날아왔다. 오른손으로는 연검을 빳빳하게 세우고 왼손은 주먹을 말아줬다.

내 전신에서 붉은색 아지랑이가 피어오르고 있듯이, 놈도 순백색의 기운을 온몸에 휘감고 있다.

놈의 몸에서 전기 스파크처럼 백광(白光)들이 튀겨대는데, 그것에 닿은 지면은 지진이 난 것처럼 쩍쩍 갈라져 갔다.

이쪽도 그렇다. 십이양공 십일 성의 기운이 지축을 뒤흔들었다.

풀쩍!

이때다 싶을 때 비스듬히 뛰었다. 동시에 만회금봉(挽回金鳳)의 수법으로 몸을 회전시키자, 내 몸을 중심으로 해서 거대한 기운의 흐름이 생성됐다.

내가 단순하게 휘두른 검짓 한 번이, 놈에게는 무시무시한 뇌락처럼 느껴졌을 것이다.

놈이 달려오던 기세와 상반되게도 다시 뒤로 풀쩍 날았다.

명왕단천공이 보여줬던 이미지가 고스란히 재연되고 있다.

그래서 놈이 기습적으로 쏘아낸 지풍(指風)을 피하는 것도 그렇게 어려운 일이 아니었다.

놈의 손끝에서 일직선으로 뻗친 지풍은 일양지와 비슷한 수법으로 발출된 것이었으나 절정 무공인 일양지보다도 한 단계 더 발전된 것이었다.

전신으로 통해야 할 경력이 손가락 하나를 통해 발출되었으니 그 위력이 실로 대단하나, 적중하지 못하면 아무런 소용이 없는 것이다.

내가 그것마저 피해내자 놈의 얼굴에 패색(敗色)이 짙어졌다.

그때, 내 장력이 놈의 복부에 적중했다.

놈이 볼썽사납게 땅 위를 굴렀다.

그리고는 배를 움켜쥐며 일어섰다.

"복마번천지법(伏魔飜天指法)을 어찌……. 명왕단천공이오?"

"그럼 무엇이겠느냐. 마음껏 재주를 펼쳐 보거라."

놈이 무공을 펼치면 펼칠수록 명왕단천공은 더욱 강력

해질 것이다.

"정 그러하다면 이 늙은이가 숨겨뒀던 재주를 꺼내보리다. 명왕단천공이 어디까지 따라가는지 기대가 되는구려."

"얼마든지."

놈은 내 상대가 되지 않는다.

삼황이 둘 이상이 모이면 모를까, 일인으로는 내게 위협이 되지 않았다.

놈을 상대하고 알았다. 내가 천하제일인(天下第一人)이다.

타탓!

놈이 다시 날아올랐다.

허공을 몇 번을 밟으면서 통통 튀어오르던 것이, 순식간에 저 높은 하늘 끝까지 이르렀다.

가뜩이나 작고 어여쁜 아이의 모습으로 하얀빛에 휘감겨서, 그것도 하늘에서 아름다운 검무(劍舞)를 추기 시작하니 선녀가 따로 없었다. 성별을 떠나서.

화우(花雨)는 거기에서부터 시작되었다.

화산의 매화검법, 백화도의 백화여후검법, 사천당가의 만천화우의 묘리들만을 합쳐 놓은 듯 실로 강력했다.

하늘에서 핀 커다란 꽃에서 꽃잎들이 사방으로 나부끼

던 그 순간.

긴장할 수밖에 없었다.

"파진(罷陣)! 모두 피해라!"

가만히 두었다가는 교도들이 큰 피해를 입고 만다.

소리쳤다.

"파진!"

거마들과 본교의 고수들이 몸을 띄웠다.

생문(生門)이 열렸지만 그들이 다치는 것보단 나았다. 광범위한, 어쩌면 무절제한 힘의 폭발 앞에서 허무하게 가서는 아니 됐다.

앞으로 교국(敎國)안에서 해야 할 일들이 얼마나 많은데……

"숨겨둘 만한 수구나!"

마검을 날렸다.

산재한 꽃잎들을 뚫으며 한 발 한 발 허공을 밟아 나갔다

놈이 나를 스윽 내려다봤다.

그 눈동자가 흡사 접신(接神)한 무당의 것 같았다.

"이제부터 시작이라오. 교주."

시작은 무슨!

나는 놈이 펼치고 있는 검무 속으로 뛰어들었다.

그리고는 수도 끝으로 일점(一點)을 찍었다.

"어…… 어떻게……."

놈의 작은 얼굴이 경악으로 물들었다.

완벽한 줄로만 알았겠지. 그 자만을 벗었다면 작은 빈틈이 보였을 것을.

결코 멈추지 않을 것만 같았던 태풍이 거짓말처럼 멈췄고, 손끝으로 놈의 목이 걸렸다.

"푸악!"

놈이 피를 토하며 땅으로 떨어졌다.

쾅!

거대한 분화구가 같이 변해버린 그 중심에서 놈이 꿈틀거리며 또다시 일어섰다.

이번에도 어김없이 놈의 미간을 발원으로 하여 백색 기운이 흘러나왔다.

"이제 남은 재주가 없으렷다!"

내가 그 위로 떨어져 내렸다.

먹이를 낚아채는 독수리처럼 비상(飛上)하던 마검 또한 거꾸로 방향을 바꿨다.

내 손아귀 안으로 바짝 들어온 그것을 움켜쥔 다음, 명왕단천공의 이미지를 따라 초식을 전개해 나갔다.

패도적으로 쭉쭉 그어지다가, 종국에 일직선으로 뻗쳐

진 검 끝!

그리고 이어진 엄청난 폭음(爆音)과 화악 피어오른 흙먼지.

모든 것이 쓸려버린 대지 위에는 혈귀의 얼굴과 꼭 닮은 거대한 검흔(劍痕)이 남아 있었다. 그것은 틀림없이 본교의 비전 중 하나인, 천강혈마검법(天降血鬼劍法)의 흔적이 분명했다.

그런데 그만큼이나 분명한 것은 나는 천강혈마검법을 익힌 사실이 없다는 것이다.

결국 명왕단천공이 가져오는 이미지 속에 천강혈마검법의 묘리가 담겨져 있었던 것이다.

나도 모르는 사이에, 명왕단천공은 한 단계의 경지를 뛰어넘어 있었다.

그런 놀라움도 잠시.

"감히 어딜!"

휙!

왼발을 축으로 삼아 오른발을 휘둘렀다.

몸이 완전히 뒤쪽으로 돌아갔을 때, 발등으로 닿은 묵중한 무게감이 제일 먼저 느껴졌다.

그다음이 시야 안으로 들어오는 놈의 모습이었다.

고개가 휙 돌려지기 무섭게, 작은 몸이 저 멀리로 튕겨져 날아가고 있었다.

그때.

재미있는 일이 벌어졌다. 아니, 당연한 일일지도 모른다.

놈이 중심을 잡자마자, 튕겨져 날아간 속도에 제힘을 보태서 그대로 꽁무니를 빼는 게 아닌가!

계략이 있어서 그러는 것이 아니고 정말로 도주할 마음으로 그러는 것이다.

놈이 나를 힐끗 돌아보더니 비스듬히 치솟아 올랐다.

나도 땅을 박찼다.

놈과의 거리가 빠르게 좁혀져 갔다. 놈의 움직임이 이상할 정도로 느릿해졌기 때문이다.

셋.

둘.

하나.

코앞으로 놈의 발끝이 닿을 만큼 가까워졌다.

그런데 이상했다.

놈의 전신에 충만하게 흐르고 있어야 할 공력이 느껴지지 않았다. 놈의 속도가 느려졌던 것도 바로 그 때문인 것 같았다.

놈이 허공을 밟는 순간, 그것이 경신법의 일종이라는

것을 깨달았다. 아닌 갑자기 놈의 발끝에서 상당한 공력
이 터져 나왔기 때문이다.

마검을 휘둘렀다.

놈은 마검이 그린 검붉은 호선을 레이스 시작선 삼아,
갑자기 탄력을 받은 몸을 한층 더 솟구쳤다. 순식간에 저
만치 멀어져 버렸다. 실로 놀라운 속도였다.

놈을 쫓아가려다, 문득 시야 안으로 들어오는 것을 보
고 마음을 바꿨다.

땅에 내려섰다. 주인 잃은 가죽 신 하나가 버려져 있었
다. 그리고 거기에서는 피가 천천히 흘러나오고 있는 중
이다.

그것을 주워들었다.

"큭."

예상대로 발목 채 잘려버린 어느 작은 발이 보였다.

"옥제 그놈은 팔을…… 네놈은 발이냐……."

웃음을 참을 수가 없었다.

*　　　*　　　*

장엄하고 화려했던 전 섭서성주 민력왕의 장원은 허리
케인이 강타한 곳처럼 처참하게 변해버렸다.

내가 옷에 묻은 흙먼지를 툭툭 털고 있자, 흑응혈마와 색목도왕이 내 앞으로 떨어져 내렸다.

"교주님!"

"쫓을 것 없다. 쫓고 싶다 해도 그대들은 할 수 없을 것이다."

"······예. 실로 대단한 절세고수였습니다. 하오나 천외천(天外天)! 교주님께서 그자에게 하늘 위에 하늘이 있음을 가르쳐주셨습니다."

색목도왕이 그렇게 말하며 내 손에 들린 놈의 발을 쳐다보았다.

한편 흑응혈마는 대지에 새겨진 검흔을 면밀히 살피고 있었다. 그도 천강혈마검법을 알아보는 눈치였다. 그가 거기에서 내 쪽으로 시선을 옮겼다.

"흑응혈마. 하고 싶은 말이 있느냐?"

"교주님. 적어도 소마들만큼은 삼황의 존재를 알고 있었어야 했습니다."

맞다.

장로된 자로서 분명히 짚고 넘어갈 일이다.

하지만.

"이전에 그대들에게 말하려 하였으나, 그대들이 듣고 싶지 않아 했지."

"……그런 적이 있었습니까?"

"비슷하게 있었지."

흑웅혈마는 아랫사람답게, 더 이상 거기에 대해서 따지고 들지 않았다.

"하오면 왜 저자를 죽이지 아니하셨습니까. 저자가 반로환동의 경지에 이른 절세고수라 하지만, 교수님에 비하면 하수였사옵니다."

"죽인다면 죽일 수도 있었을 것이다. 그럼 그 뒤는?"

"뒤라 하심은?"

"그대가 말해 보거라. 암제와 저 반로환동을 한 늙은이 중에 누가 더 강한 것 같으냐?"

"암제가…… 삼황 중 한 명입니까?"

그때의 모욕을 다시 떠올릴 수밖에 없었던지, 흑웅혈마의 얼굴이 금세 벌겋게 달아올랐다. 암제는 흑웅혈마에게 있어 지독한 트라우마가 되었다.

"그자가 인황(人皇)일 것이다. 본 교주는 인황이나 천황이나, 저 어린 몸을 가진 늙은이 보다 약할 거란 생각이 들지 않는다. 싸우면서 그 생각이 들었다. 그들이 만일 더 강하다면 어떻게 해야 할까?"

"그렇다면 더 더욱이 죽여야 하는 것이 아닙니까. 발 하나 팔 하나 없는 무림인은 많습니다."

"흑웅혈마. 그것은 걱정 말거라. 삼황은 본 교주가 직접 찾아내 반드시 죽일 것이다. 허나 지금은 놈이 발이 잘린 채로 돌아가도록 내버려 두는 것이, 본교에 더 큰 이득이다."

"……"

"삼황은 자고로 중원의 수호자였다. 이름과 사명을 전승해오던 수백 년 동안, 단 한 번도 직접적으로 모습을 드러낸 적이 없던 자들이었다. 그러면서 또 황제에게 직접적인 하명은 받지 않는다들 하지."

흑웅혈마를 가만히 응시하며 계속 말했다.

"생각해 보거라. 흑웅혈마. 본 교주가 대국 황제에게 삼황을 멸하는데 협력하라고 요구하자마자, 황제와 삼황은 어떻게 반응했느냐. 또 삼황 일인의 무공은 어떠했느냐. 그들이 규합하면 할수록 본교에 득이 될 것 같으냐? 아니다."

흑웅혈마의 두 눈에 많은 생각이 깃들었다. 이윽고 그도 내 생각을 읽은 모양이다.

"이제 알겠느냐?"

"발이 잘려 돌아가는 것만으로도……"

"놈을 지금 죽였다면 황제와 삼황은 지금보다 더 긴밀하게 규합했을 것이다. 허나 놈이 발이 잘려 돌아간다면?

그것만으로도 그들 사이에는 분명 골이 생길 것이다."

"……."

"마음대로 움직일 수 없는 장기 말을 어디까지 신임할지는 둘째 치고, 더 더욱이 그들이 가져온 굴욕적인 결과를 보거라. 삼황은 하나를 얻었지만 둘을 잃었다. 무엇이냐."

"목숨을 얻었으나, 발과 황제의 신임을 잃었습니다. 소마의 생각이 짧았습니다."

"알면 되었다. 이제 우리는 전과 동일한 요구를 할 것이다. 사신을 대령하라."

"옛."

흑웅혈마가 빠르게 사라졌다.

그가 다시 나타났을 때에는 그의 겨드랑이 사이로 잔뜩 겁먹은 고관 하나가 끼어져 있었다. 흑웅혈마가 녀석을 내려놓자마자, 녀석이 땅에 넙죽 엎드리며 읍소하였다.

"소, 소관은 모르는 일이옵니다. 부디. 부디……."

녀석은 어디를 쳐다봐야 할지 몰라 했다.

나를 쳐다봤다가, 엉망이 된 주변 광경을 쳐다봤다가, 가죽신이 담긴 발목을 바라봤다.

들고 있던 가죽신을 바닥으로 내팽개쳤다. 가죽신 안에서 발목 잘린 발이 흘러나와 계원의 도포 끝자락에 닿았다.

"히익."

계원이 이상한 소리를 내며 눈을 질끈 감았다. 그게 제목으로 보는 것이겠지.

"계원."

"예. 교황 폐하."

놈이 간신히 눈을 떴다. 닭똥 같은 눈물이 주르륵 흘러나왔다.

"많은 게 바뀐 것 같지 않느냐?"

"그, 그렇사옵니다."

"이제 본좌가 그대들을 어떻게 할 것 같으냐?"

"살, 살려만 주시옵소서."

"그래. 그래. 죽여야 하겠지. 그게 응당 맞는 일이다."

"교황 폐하!"

"허나 본좌는 그대들을 살려주겠다."

그런 내 말에 녀석은 눈을 부릅뜬 채로 석고상처럼 굳어 버렸다.

"살려줄 테니, 다시 너희 황제의 답신을 가지고 돌아오거라. 무엇에 대한 답신이냐? 그대가 다시 말해 보거라."

아!

녀석의 얼굴 위로 한줄기 빛이 내려왔다.

"……신, 신의(信義)를 다하여 삼황(三皇)을 멸하는데 협력한다."

"그래. 그대라면 본좌가 원하는 답을 가져올 수 있겠지. 그렇지 않느냐?"

곧바로 답을 하지 못했으나, 애초에 녀석이 고를 수 있는 선택지는 그것이 유일했다.

"할…… 수 있사옵니다."

계원이 대답했다.

죽음의 순간에 내려온 동아줄을 놓치지 않겠단 듯, 녀석이 정신을 바짝 차리며 말을 붙여 나갔다.

"폐하께서도 천하태평을 바라시옵니다. 삼황이 지록위마(指鹿爲馬)하여 용안(龍眼)을 어지럽히고 있사오나, 폐하의 성명(聖明)이 실로 뛰어나시니 소관의 말을 귀담아들으실 것이옵니다."

"그럴 것이다. 그래야만 하고."

나와 눈빛이 부딪치자, 녀석이 몸을 움찔거리면서 고개를 푹 숙였다.

녀석이 그 상태로 말했다.

"기한은……."

저번에는 십 일이었다.

그러나 이번에는 단순히 답만 가지고 오라는 것이 아니

라, 황제를 구슬려 삼황과 반목케 하라는 임무까지 내렸다.

그러니 시간을 더 줄 것이고, 그 시간 동안 나도 해야 할 중요한 일이 있었다.

"그대가 직접 보았다. 그대의 황제는 겉으로 화친을 논하면서 속으로는 칼을 숨겨서 보내왔지. 그대와 사신단 전원의 목을 치고 당장 하북으로 군사를 일으키는 것이 당연하나, 그대에게 기회를 준 것처럼 그대의 황제에게도 기회를 줄 것이다. 듣거라."

"예."

"본좌는 그대와 그대의 황제에게 반년을 줄 것이다."

계원이 고개를 번쩍 돌았다. 직전까지만 해도 제발 목숨만 살려달라고 애원하던 녀석의 얼굴에 짙은 화색이 감돌았다.

"성, 성은이 망극하옵니다."

녀석이 잔뜩 낮춘 목소리와 함께 허리를 숙였다.

일단 녀석을 제외한 사신단 전원이 멀리 대피한 상태지만, 녀석은 신중을 기하기 시작했다. 그 모습이 마음에 들었다.

제대로 하겠다는 뜻이었으니까.

"그 반년 동안 회담은 계속될 것이다. 그동안 황제는

금번에 저지른 패악을 사과하는데 성의를 보여야 하겠지."

쥐어짤 대로 쥐어짠, 최대한의 이득을 챙겨 오겠다는 뜻이다.

"그리고 그대는 황제를 곁에서 잘 보필하여, 기한 내에 답신을 가져 오거라."

"예. 소관, 성은을 잊지 않을 것이옵니다."

"성은? 그대가 본좌의 신하더냐. 그대가 잊지 말아야 할 것은 본좌의 덕이 아니라……."

전신에서 피어오른 붉은 기운이 꿈틀거렸다.

스르르.

나무뿌리처럼 여러 갈래로 갈라진 그것들이 녀석을 향해 느릿하게 뻗어 나갔다.

꿈틀 꿈틀.

그것은 흡사 먹을 것을 갈구하는 지옥 아귀(餓鬼)들의 손부림 같았다.

"교, 교황 폐하의 눈과 칼이 어디에도 있음을, 소관이 어찌 잊을 수 있겠사옵니까."

녀석이 오들오들 떨면서 간신히 대답했다.

* * *

"소마, 흑응혈마이옵니다."

"들어오너라. 오늘도 문제가 많았겠지?"

"하오나 차차 안정을 찾아가는 중입니다. 삼장로가 고생이 많사옵니다."

"어디 삼장로뿐이겠느냐. 아직도 폐관에 들겠다는 마음에는 변함이 없는 것이냐?"

"……. 교주님께서 황상(皇上)의 자리에 오르시는 모습을 지켜보고 싶습니다. 그런 연후에 폐관에 들겠사옵니다."

흑응혈마의 마음을 헤아린다면 당장 그를 본산으로 돌려보내 주는 게 옳았다.

그러나 미안하게도 지금 당장은, 그의 자존감 회복보다도 수천만 명의 운명이 걸린 교국의 안정이 우선이었다.

천천히 고개를 끄덕이다가 입을 열었다.

"현재 본교가 당면한 가장 시급한 문제가 무엇이라 보느냐?"

"관군들이 떠난 자리로 사파와 지역 유지들이 결탁하여, 실력을 행사하기 시작했습니다."

욕만 하지 않았을 뿐이지, 그의 어투는 교주 앞치고는 충분히 거칠었다.

"그럴 테지. 그런 일들이 빈번하게 일어나고 있을 것이다."

재주는 곰이 부리고 돈은 왕 서방이 벌고 있는 격이다.

본래 한곳을 점령하면 그곳의 정(政), 경(經), 상(商), 군(軍)을 충분히 장악할 만한 점령군을 남겨서 통치력을 확보해야 한다.

하지만 우리는 모든 힘을 섬서성과 사천성 경계까지 돌파하는 데 집중했다.

그렇게 파죽지세로 진격해서 최소의 피해로 황군과 정파 무리들을 격파할 수 있었던 것이다.

현재도 혈마군 대부분은 섬서성과 사천성 국경을 중심으로 포진 중에 있고, 약간의 병력만이 각 성의 성도에 주둔하고 있는 중이다.

"조속히 해결해야 할 문제이옵니다."

"그래서 그대를 부른 것이다."

"하명하시옵소서."

흑웅혈마의 눈빛이 변했다.

"반 천하가 본교의 것이 되었지만, 주인의 이름만 바뀌었을 뿐 완전히 수중으로 들어온 것은 아니다. 거기에 본교의 색(色)을 칠해야 하지. 흑웅혈마."

"예. 교주님."

"색목도왕이 여기에 남아 국경과 진채를 정비하며 회담을 마무리 짓는 동안, 그대가 나서서 사성(四省)을 장악해 주어야겠다."

순간, 흑웅혈마의 얼굴 위로 독한 미소가 스치고 지나갔다. 인황에게 여섯 번의 모욕을 당한 이후로 실종되었던 바로 그것이었다.

"기다려왔던 모양이군? 그래."

"위대한 성전(聖戰)을 더럽히는 것들이 사방에 가득하옵니다."

"그대에게 혈마일군 전체를 내줄 것이다. 혈마일군을 어떻게 쓰든 개의치 않을 것이고, 거마들 중에 필요한 이들 또한 전부 데리고 가도 좋다. 그대가 할 일은 오로지 장악. 호가호위(狐假虎威)하여 주인 행세하고 있는 것들을 밀어 버리거라. 본교에 반하는 것들은 물론이고 본교에 득이 된다고 판단되는 것들까지, 그 모든 처우 또한 그대에게 맡길 것이다."

가서 바람도 쐬면서 그 화를 조금이나마 분출하길 바란다. 흑웅혈마.

그 말을 삼킨 채, 흑웅혈마를 바라보았다.

흑웅혈마는 진심으로 그 명령을 기다리고 있었던 것 같다. 흑빛으로 침침해졌던 그의 얼굴에 뻘건 혈색이 감돌았다.

"여기서 나가는 순간부터다. 필요한 이들을 소집하고, 계획을 세운 뒤 당장 실행하라."

"지유본교, 천유본교, 천세만세, 마유혈교. 소마 혈마 이장로 흑웅혈마, 지엄한 명을 받잡겠사옵니다."

그와 다시 만났을 때 예전의 꼬장꼬장했던 흑웅혈마를 다시 보길 바라며, 그가 나가는 뒷모습을 지켜보았다.

문이 열리자 색목도왕이 보였다. 그가 대담이 끝나기를 기다리고 있다가 이어서 들어왔다.

"감축드립니다."

"교주님을 잘 보필하시게."

흑웅혈마와 색목도왕, 둘은 모처럼만에 기분 좋은 얼굴로 짧은 덕담을 나눴다.

흑웅혈마는 문을 닫고, 색목도왕은 내 앞으로 걸어왔다.

"부르셨사옵니까."

"그대가 앞으로 무엇을 해야 하는지 알고 있겠지?"

"이장로의 몫까지 더 열심히 해야지요. 잘하신 결정입……."

거기까지 말하다가 색목도왕이 급히 입을 다물었다. 그리고는 주제를 넘었다면서 황급히 고개를 조아렸다.

나는 담담한 얼굴로 고개를 끄덕였다.

"한 사람을 데려와야겠다."

"하명하시옵소서."

"이곳 서안에서 명망 높은 서생이 누구인지 알아보고, 본 교주 앞에 대령해 놓거라."

＊　　　＊　　　＊

유예기간으로 반년을 잡았지만 이미 오래전부터 종전 상태와 다를 바 없었다.

피해 보상 문제와 더불어 도처에 남아있는 관군들의 처우 문제, 확정 지어야 할 국경 문제 등 대국과 후차 조항들에 대해 논해야 할 게 산더미다.

그러나 그것들은 본교가 응당 가져와야 할 이익에 관한 문제일 뿐이고, 종국에는 시간이 흘러가면서 하나씩 본교에 유리하게 해결될 수밖에 없다.

진짜 문제는 무정부 상태와 다름없어진 작금의 현실이다.

반 천하에 이르는 거대한 땅과 백성들을 얻었지만 그것을 다스릴 충분한 제도적 장치가 없다.

십시를 다스렸던 시스템은 본교의 교리와 비단길에서

나오는 이문으로 유지되었던 것이지, 이렇게 다스려야 할 땅이 거대하고 수백, 수천만 명의 사민(私民)들이 존재한 현실에는 맞지 않다.

그러니 마땅한 제도적 장치가 필요하지만, 대국의 것을 유지하자니 그들의 통치 이념이 본교의 교리와 상반된다.

그리고 정작 나부터 새로운 교국(敎國)은 구(舊)시대를 탈피한, 행복과 번영이 충만한 유토피아가 되었으면 하는 큰 바람이 있었다.

"사람이 필요해. 사람이."

나를 도와 고금 역사상 전례가 없었던 이 특이한 세태를 객관적으로 분석하되, 미래지향적인 시점에서 천년의 초석(礎石)을 조화롭게 이루어낼 수 있는 사상가.

나?

나는 불가능하다.

이 세상에서 태어나고 자랐지 않았기 때문에 조화를 꾀할 수가 없을 것이다.

아마도 내가 내놓는 정책들은 현 민중들의 성격과 시대상을 제대로 반영하지 못할 거다. 과도한 혁신이 될 거고, 그것은 가만히 내버려둔 것보다도 심각한 결과를 초래할지도 모른다.

그래서 이 세상 사람 중에 찾아야 한다지만, 안타깝게

도 교도들 중에는 없다.

그들의 자질이 부족하다는 게 아니라…….

본교의 교도이기에, 혈마의 화신을 맹목적으로 추종해야 하는 그들이기에 그렇다.

"유주(柳珠) 선생?"

"예. 교주님. 그자가 서안의 서생들에게 가장 존경받는 큰 스승이었습니다."

초년에는 하남의 황도에서 유명한 스승 밑에서 공부하고, 중년이 되어도 입관(入官)하지 않은 채 공부를 계속 하였으며, 말년에는 고향인 서안으로 돌아와 후배들을 위한 서원을 열었다고 한다.

낙향한 뒤로도 섬서성은 물론이고 대국 내에서도 한 손에 꼽히는 대(大) 학사 중의 한 명으로 꾸준히 거론되는 인물이었다.

"데리고 왔겠지?"

"예. 들여보내겠사옵니다."

아주 찰나의 순간이었지만, 색목도왕이 살짝 망설이는 모습을 보였다.

굳이 묻지 않아도 무슨 일이 있었을지 불 보듯 뻔했다. 아마도 그자를 데려오는데 약간의 애로사항이 있었던 모양이다.

턱을 쓰다듬으며 등받이 깊숙이 몸을 맡겼다.

색목도왕의 눈짓에 문이 열렸다.

불쾌한 감정을 숨기지 않고선, 이쪽을 노려보고 있는 연로한 노인 한 명이 거기에 서 있었다. 색목도왕이 눈을 부라리면서 들어오라고 해도 노인은 조금도 움직이지 않았다.

결국, 문 옆에 서 있던 교도 둘이 칼을 쥔 주먹으로 노인의 등을 강하게 밀었다.

노인이 휘청거렸다. 무게 중심이 앞으로 쏠리고 다리가 꼬였다.

노인이 넘어지던 바로 그때, 나는 탁상 위에 말려있는 두루마리 끝을 손바닥 안쪽으로 살짝 쳤다.

쉭.

두루마리가 빠르게 날아갔다.

그것이 넘어지던 노인의 어깨를 살짝 건드린 후 다시 탁상 위로 튕겨져 돌아오는 사이, 노인은 중심을 되찾아서 올곧게 서 있었다.

"그대가 유주 선생인가?"

노인이 미간과 코끝을 찡그려 보이는 것으로 대답을 대신했다.

"네 이놈! 감히 어느 안전이라고!"

색목도왕이 호통쳤다.

그러자 노인이 나를 슬쩍 쳐다보면서, 결코 열지 않을 것만 같았던 주름진 입술을 천천히 열었다.

"노생(老生)은 교주를 섬기지 않을 겁니다."

"이놈이 정말!"

그렇게 얼굴을 붉히는 색목도왕에게 고개를 저어 보였다.

"그대도 신생(新生)한 나라에서 일하기에는, 그대가 너무 늙었다고 생각하고 있군. 맞다."

대수롭지 않게 담담히 넘겨 보낸 후, 바로 본론으로 바로 넘어갔다.

"그대가 말해보아라. 누가 천하에서 가장 뛰어나느냐?"

제5장

가왕목에서 온
위효자

"그야 교주시겠지요."

언중유골(言中有骨)한 유주 선생의 대답에 색목도왕은 물론이고, 밖에서 대기하고 있던 교도들까지 뿔났다.

모두의 험악한 시선이 유주 선생에게로 꽂혔다.

그런데 유주 선생은 사자 계원과는 다른 인물로 보였다.

그는 죽음에 초연했다. 연기를 하는 게 아니라 정말로 그랬다. 죽을 날만을 기다리는 늙은이라서 그러는 것도 아니고, 자긍심이 하늘에 닿아있어서 그러는 것도 아니었다.

"끝이라고 생각하느냐?"

"노생은 교주께서 무슨 말씀을 하시는지 모르겠습니다."

"대국이 왜 무너지고 있는 것 같으냐?"

"……."

"그대들 때문이다. 지금 그대가 하는 꼴이 딱 그렇지 않느냐."

"노생의 꼴이 어떻습니까."

"하는 것 없이 한탄만 하고 있지 않느냐. 그리도 나라에 대한 충의(忠義)와 사민들을 안쓰럽게 생각하는 마음을 지니고 있었다면, 진작 벼슬길에 올라 나라를 살폈어야지. 탐관오리들에 대적해서 낡은 관습과 부당한 정책들을 혁파했어야지. 그대들 같은 학식자들이 나라를 부강하게 만들고자 노력을 기울였다면 이렇게까지 되었겠느냐?"

나를 바라보는 유주 선생의 눈빛이 새삼 달라졌다.

내가 한 말이 비록 뻔한 정론(正論)이 있으나, 설마하니 변방의 사막에서 야수들을 이끌고 온 마두에게서 그런 말을 들으리라고는 생각해 본 적이 없었던 것이다.

그러나 거기까지다.

그의 시선이 빠르게 식었다.

"전란이 일었을 때 그대는 무엇을 하고 있었느냐? 그대가 감히 천하를 걱정하고 한탄할 자격이 있느냐? 유주 선생이라는 자가 학식자들 사이에서는 천하에서도 손에 꼽힌다 들었거늘……. 한심하기 짝이 없군. 삼장로!"

"옛."

"어찌 이런 망자(亡者)를 본 교주에게 데려왔느냐. 죽은 자를 데려다 놓아서 어쩌자는 것이냐!"

내 목소리가 실내에 쩌렁쩌렁하게 울렸다.

색목도왕이 죄송하다며 고개를 숙이고 있을 때, 노한 눈으로 나를 쳐다보고 있는 유주 선생의 얼굴이 보였다.

"교주께서는 노생을 망자라 하셨습니까."

"너희 학식자들이 수양을 하고 공부를 하는 이유가 무엇이냐. 일평생 공부한 것을 전부 잊고 그저 숨만 쉬고 있으니……. 그렇군. 망자보다 더하군."

쯧쯧.

혀를 차며 고개를 저었다. 유주 선생이 오랫동안 눈을 감았다가 떴다.

"교주께서 수양을 아십니까. 왜 공부를 해야 하는 것입니까. 부족한 노생에게 가르침을 주시겠습니까."

이번에도 명백히 비꼬는 어투였다.

색목도왕의 표정을 보니, 그의 머릿속에선 벌써 늙은 서생의 머리채를 휘어잡고 질질 끌고 나가고 있는 장면이 펼쳐지고 있었다.

"올바른 것을 따르고, 옳지 아니한 것을 부끄러워하며 미워하는 마음을 가지기 위해 수양하고 공부하는 것이 아니더냐."

그게 바로 의(義)다.

"헌데 노생의 무엇이 아니 그렇다는 말씀이십니까."

질문을 통해 나를 떠보려는 의중이 분명했다. 아니면 작금의 현실 속에서, 늙은 서생이 할 수 있는 유일한 반항일 수도 있었다.

어쨌든 노학자가 할 수 있는 반항의 커트라인은 딱 여기까지다.

할 말이 많을 거다. 나를 힐난하고, 설전으로 억누르고 싶을 거다.

하지만 천수를 거의 다 누렸고 죽음에 초연했다 해도 그는 나와 설전을 할 수 없었다.

남겨진 사람들 때문에. 가족과 제자들 때문에.

그래도!

나는 자신 있었다.

설사 계급장을 떼고 입과 입으로 부딪친다고 할지라도, 그를 꿇릴 자신이 있었다. 특히 논제가 '의(義)'에 관한 것이라면 더 그랬다.

대학 시절에 나는 비전공 과목 중에서는 유독 동양 철학 강의들을 좋아했었다. 그때 쌓았던 유학(儒學)적 지식들은, 유주 선생에게 억울한 일이겠지만 답안지와 다를 바 없었다.

아니, 일종의 치트키였다.

"그대는 아무것도 한 것이 없다. 힘에 굴복하고 한탄만 했다."

"하면 노생이 무엇을 했어야 했습니까."

잠깐이나마 대답을 기대하던 그였다.

"검을 들었어야 했다."

내가 그렇게 말하는 순간, 그럼 그렇지 하는 식으로 그의 눈빛이 또다시 차갑게 식었다.

바로 그때.

"내명자경 외단자의(內明者敬 外斷者義)."

내가 뇌까렸다.

늙은 서생은 담담히 고개를 끄덕였다.

그러다 '헛!' 하고, 스프링에 튕겨 나온 것처럼 고개를 번쩍 들며 놀란 눈으로 나를 쳐다봤다. 꼴깍하고 그의 성대가 크게 움직였다.

초점이 내 뒤쪽의 어딘가로 고정된 채 눈조차 깜박이지 않았다. 어쩌면 숨 쉬는 것조차 잊었는지도 모를 만큼,

반쯤 벌려진 입은 그대로 굳어버렸고 숨소리도 나지 않았다.

그러다 아주 천천히 그의 입술이 열리기 시작했다.

"내명자경…… 외단자의…… 내명자는 경이요 외단자는 의라. 안에서 밝히는 것이 경이요, 밖에서 결단하는 것이 의이니…… 내명자경…… 외단자의…… 내명자경…… 외단자의……"

처음에는 약에 취한 사람의 헛소리처럼 들렸다.

그러나 내명자경 외단자의, 그 여덟 글자가 읊어지면 읊어질수록 그의 눈에서 떠오른 광채가 점점 더 환해졌다.

색목도왕이 의아한 얼굴로 나를 쳐다봤다. 지금 유주 선생의 모습은 영락없이, 깨달음의 순간에 당면한 무림 고수와 다를 바 없었기 때문이었다.

학계만큼이나 배타적인 곳이 없다.

그럼에도 불구하고 흉흉한 기세 속에서도 자신을 잃지 않았던 고명한 학자의 모습에서, 남명 조식 선생님의 학문이 그에게 큰 깨달음을 줄 것 같다고 확신했다.

그리고 그 확신은 어김없이 사실로 증명되었다.

유주 선생을 무뢰배로 취급하던 색목도왕도 그 순간만

큼은 자리를 비켜 주었다.

꽤 시간이 지났다.

현학(玄學)의 늪 속에 깊이 빠져들었다가 다시 빠져나온 유주 선생이, 현기(玄機)로 만개한 얼굴로 나를 쳐다봤다.

나는 더 확신할 수 있었다.

오늘을 기점으로 이 늙은 학자의 학문에 큰 변화가 있을 것이다.

"노생은 평생 동안 성현들의 말씀을 공부하였습니다. 헌데…… 헌데……."

역시.

그는 나를 의심하고 있었다.

내 공부가 높아서 그런 학문의 경지의 이르렀다고 생각하는 눈치였다

그럴 수밖에 없게도 단 여덟 글자뿐이라지만, 이 세상에서는 결코 나올 수 없는 조합이었다.

그런데 그 여덟 글자 안에 담긴 유구히 많은 세월과 학문적 고찰을 느낀 유주 선생이야말로, 대단한 사람이라고 할 수 있었다.

유주 선생은 기뻐하면서도 슬퍼했고, 슬퍼하면서도 놀라했으며, 놀라하면서도 기뻐했다. 이로 형용할 수 없는 감정들이 유주 선생의 얼굴 위로 떠올랐다가 사라지길 반

복했다.

"노생은……. 노생은……."

유주 선생의 목소리가 부들부들 떨렸다.

"그대는 신생 나라에서 벼슬을 하기에는 너무 늙었다."

내가 담담하게 말하자, 유주 선생이 처음으로 미소를
보였다.

유주 선생이 깊은 생각에 잠겨 있다가 입을 열었다.

"몇 사람을 알고 있습니다."

"유림(儒林)의 인사들은 천거 받지 않을 것이다."

무인들에게 무림이라고 세상이 있듯, 유생(儒生)들에게
도 그들만의 세상이 있다.

그곳이 바로 유림이다.

"그러실 것 같았습니다. 노생이 천거할 이들은 유생도,
노생의 제자들도 아닙니다."

"하면?"

"교주께 실제로 쓸모 있는 인물들이 있습니다. 유학하
는 인사들이 아니면서도, 그 비범함이 실로 대단하여 유
림에까지 알려진 인물들입니다. 천자께서도 그들을 품고
자 하였는데, 실제로 그들 중 한 명이라도 품을 수 있었
다면 교주께서는 이리도 쉽게 대국을 무너트릴 수 없었을
것입니다."

유주 선생은 마치 와룡과 봉추, 둘 중 한 명이라도 얻으면 천하를 얻을 수 있다는 식으로 말했다.

"그들이라 하였느냐?"

"유림에서는 그들이 비범한 그 능력과 머리로도 유학을 하지 않은 것이 안타까워, 하늘도 탄식한다 해서 탄천삼사(歎天三士)라고 부르고 있습니다."

그러면서 그는 한 명 한 명이 군사(軍師) 천 명의 몫을 할 것이라고 대답했다.

"어디에 사는 자들이냐?"

"노생이 적어 드리겠습니다. 지필묵(紙筆墨)을."

허공섭물의 수법으로 공력을 움직였다.

붓에 생명이 깃들었다. 스스로 살아서 벼루의 묵을 흠뻑 빨아들이고는 유주 선생의 앞으로 천천히 날아가기 시작했다.

*　　　*　　　*

유주 선생이 떠나고 색목도왕을 다시 불러들였다.

내 뜻을 밝혔다.

그러자 색목도왕은 차마 대놓고 말하지는 못하지만 못마땅한 기색을 비쳤다.

"소마 혼자 여기에 남아 있으라는 말씀이십니까. 소마가 호법으로 서겠습니다. 그것도 아니 된다면 소마가 책임지고, 그자들을 교주님 앞에 대령해 놓겠습니다. 하명만 하시옵소서."

"그대에게 맡겨라?"

"예. 교주님께서 그것들을 찾아 다니시기에는…… . 교주님께서는 존엄하신 지존이십니다."

"아서라. 그대에게 맡기면 데려오는 게 아니라, 그들의 목을 가져오겠지. 그리고 그대는 여기서 할 일이 많지 않느냐."

"소마가 그렇게까지 생각 없지는 않습니다. 털끝 하나 건드리지 않고, 아주 온전한 모습으로 교주님 앞으로 대령하겠습니다."

"천의가 본 교주의 초청을 거절하였을 때, 그대가 어찌했는지 잊었느냐?"

"그때와는 경우가 다릅니다. 천의는…… ."

손을 펼쳐 보였다. 색목도왕이 말을 멈추며 나를 쳐다보았다.

"되었다. 본 교주가 원하는 상이 따로 있다. 강압적으로 끌고 오면 어찌 살펴볼 수 있을까. 또한 본교를 위해 일하려 하겠느냐. 본 교주가 직접 찾아 가까이에서 됨됨

이를 살피고, 필요하다고 판단되면 본교로 데려올 것이다. 그대는 여기에 대해서 더 이상 왈가왈부하지 말거라."

색목도왕이 어두운 표정으로 반쯤 열었던 입을 다물었다.

그런데 차마 안 되겠는지, 그가 조심스럽게 다시 입술을 뗐다.

"탄천삼사. 셋이나 됩니다. 행선지만이라도 알려주십시오."

"하나는 교지 안에 있고, 나머지 둘은 대국에 있다."

"대국 안이라면……. 삼황 중 일인이 직전에 발이 잘려서 도망쳤습니다. 교주님께서 나가신다는 이야기가 그것들의 귀에 들어가기라도 한다면, 필시 교주님께 앙갚음을 하려 들 것입니다."

"그리된다면 더 바랄 것도 없겠지. 인재를 얻고 화근까지 제거하게 되는 것이다."

"교주님……."

"정 그것이 걱정된다면, 그대가 배교도들을 색출해 내면 될 것 아니냐."

"배교도라 하심은?"

"정파맹에서 운용하는 간자(間者)들이 있다. 정파맹에선 그들을 회객(灰客)이라 부르더군. 간자들을 일망타진하

라. 색목도왕."

"옛. 하오나……."

"그만."

단칼에 색목도왕의 말을 잘라냈다.

그리고는 말했다.

"그대가 섬기는 본 교주는 천하제일인이다."

*   *   *

"하늘도 탄식한다라. 여기에 조궁엄이라는 자가 있단
말이지……."

날씨가 좋았다.

후덥지근했던 여름이 지나고 선선한 가을이 왔다.

하인들이 받치는 양산 안에서 고고한 자태를 뽐내고 있
는 귀부인들, 대놓고 주유(周遊)하러 나온 젊은 서생들과
그 또래들.

그리고 그네들에게 약과 하나라도, 장신구 하나라도 더
팔기 위해 열심히 호객하고 있는 상인들.

본교의 교도들에게 위축되어 있던 섬서성 서안의 분위
기와는 판이하게 달랐다. 확실히 전란이 비껴나갔던 곳다
웠다.

그 증거로 이 도시에는 서안 어디에서나 보였던 본교의 붉은 깃발이 하나도 보이지 않았다. 조만간 흑웅혈마의 점령군이 당도하겠지만, 일단은 그랬다.

"무사님. 마침 이 층에 좋은 자리가 났습니다. 운도 좋으셔라."

"하나 묻자꾸나. 사람 한 명을 찾고 있는데."

"보아하니 먼 길을 오신 듯하신데, 출출하시죠? 일단 식사부터 하십쇼. 오늘 오리고기가 아주 신선합니다. 이쪽입니다요."

"그렇게 하지. 안내하게."

점소이는 시가지가 한눈에 보이는 난간 쪽으로 나를 안내했다.

들고 있던 검집을 식탁에 비스듬히 세워 놓고, 점소이가 추천하는 음식을 주문했다. 그러는 와중에 나를 의식하는 손님들의 시선이 느껴졌다.

맞다. 나는 무림인의 행색을 하고 있다.

방랑 화객(畵客)이나 유람을 나온 서생의 행색을 하려 했지만, 흑천마검을 떼어 놓고 다닐 수는 없었다. 점소이가 나를 환대하는 척했던 것도 바로 그 때문이었다.

"음……."

대전이 있기 전에도 이쪽 세상 사람들은 무림인들의 칼

과 무공 때문에 상대하길 꺼려했는데, 지금은 그 정도가 심하게 느껴졌다.

이를테면 명당을 차지하고 앉아 왁자지껄 떠들고 있는 자들만 봐도 그렇다.

정파의 속사정이 어쨌든, 정파인들은 대외적으로 정도(正道)를 추구한다. 정도를 한 단어로 축약하자면 의(義)라 할 수 있는데, 그들은 그 마음을 기르기 위해 심신을 단련한다.

그래서 무공을 수련하는 것이고 옷차림과 행동의 예법에도 신경을 쓴다.

그러나 사파인들은 정파인들에 비해 그런 면에서 자유로웠다.

도포가 다 풀어헤쳐진 지도 모른 채 대낮부터 잔뜩 취해있는 저 무리들은 사파 무림인들이다. 뭐, 간이 배 밖으로 나오지 않고서야 정파 무림인이 여기서 저러고 있을 리도 없지만.

보통 저렇게 고성방가를 하면, 제아무리 무림인을 상대하기 꺼려한다 할지라도 주변의 사람들 중 하나가 나서 그들에게 자제하기를 정중하게 부탁하길 마련이다.

지역 사회에서 무공 고수만이 영향력을 행사하는 게 아니다.

무림은 지역 사회의 한 부분에 불과하다.

붓 좀 들어 봤거나, 집안에 재물 좀 있거나, 친인척이 벼슬을 하고 있거나.

지역 사회 안에는 무공을 익힌 자들보다 대단한 사람들이 더 많은 법이다.

헌데 아무도 나서질 않는다.

여기는 길거리의 좌판 식당이 아니다. 산수화도 걸어 넣고 청자(靑瓷)로 장식을 해 놓은 고급 객잔이다.

이런 고급 객잔에서 하는 일도 없이 대낮부터 차를 마시고 한가로이 음식을 먹고 있는 사람들이면, 지역 사회에서 영향력이 있는 사람들인데…….

못 본 체한다. 아무것도 들리지 않는 것처럼 눈길조차 주지 않는다.

그렇다고 여기가 어느 작은 씨족 부락이냐 하면, 그건 또 아니다.

사천에서 세 손가락 안에 드는 큰 도시 안에 있었다.

"바야흐로 무인(武人) 시대라……."

생각했던 것보다 빠르게 진행되고 있었다.

새삼스러울 것도 없다.

본교가 반 천하를 점령했을 때, 자연스럽게 따라올 결과였으니까…….

"저들이 누구인가?"

점소이가 돌아오길 기다렸다가 물었다.

"쉬이이잇."

점소이가 옆구리가 찔린 사람처럼 놀란 얼굴을 하며 집 게손가락을 제 입술에 댔다.

"무사님. 큰일 납니다. 쳐다보지 마세요."

"괜찮아. 나도 무림인일세."

"그걸 모르겠습니까. 소인에게도 눈이라는 것이 있습니 다. 헌데 저 무사님들은……."

그때 객잔 안에서 고성방가를 하고 있는 이들과 똑같은 무복을 입은 자들이 시가지에서도 보였다. 척 봐도, 행상 을 돌면서 돈을 거둬들이고 있었다.

한 무리도 아니고 네 무리가 번화한 시장 곳곳에서 움 직이고 있었다.

"말해보게. 저들이 누구인가."

점소이에게 동전 몇 닢을 쥐어줬다.

점소이가 사파 무림인들 쪽을 흘깃 쳐다봤다가, 고개를 설레설레 저으며 다시 내게 동전을 돌려주었다.

피식 웃으며 은전 한 냥을 보여 줬다. 그제야 점소이의 표정이 달라졌다.

"말해보게. 저들이 누구길래, 다들 꼼짝을 못하는 것인가?"

점소이가 내 귓가로 얼굴을 가까이 가져다 댔다. 그가 속삭였다.

"와장방(蛙掌房)에서 나오신 분들입니다."

와장방?

처음 듣는 문파 이름이다.

"모……. 모르십니까?"

점소이는 뭔가를 고민하는 듯하더니 조심스럽게 입을 열었다.

"무사님. 외람된 말씀이지만 무림 초출(初出)이신지요?"

"그렇게 티가 나는가?"

"죄송합니다. 죄송합니다. 소인이 주제를 넘었습니다. 아고고. 소인이 이렇습니다. 언젠가 이놈의 입 때문에 사단이 날 겁니다."

"괜찮네. 내가 시켜서 말한 게 아닌가. 나야 초출이라고 할 수도 있고 아니라고도 할 수 있지. 신경 쓰지 않네."

"소인은 무사님이 걱정돼서."

"저들이 누구길래, 다들 꼼짝을 못하는 것인가? 왜 다들 가만히 있는 것인가."

"저……."

"말해보게."

"무사님께서는 어디서 오셨습니까?"

"자네가 알아서 뭘하려고."

"그런 게 아니라 소인이 알기로는, 그……. 그……. 그……."

"그 뭐?"

"아이고 왜 있지 않습니다. 소인이 어떻게 그 이름을 감히 입에 담습니까. 무사님들이 섬기는……."

"혈마교를 말하는 것인가?"

점소이는 도둑질에 걸린 아이 같은 얼굴로 고개만 연신 끄덕였다.

"예. 관군들을 모두 죽여……."

그러다 뭔가 드는 생각이 있었던지, 갑자기 두 눈이 휘둥그레졌다.

"왜?"

"무사님. 소인이 원래 오지랖이 넓어서 언젠가 이놈의 입 때문에 큰 사단이 날거라고 말씀드렸지요."

"그랬지."

"그런 소인도 조심하는데. 그……. 그……. 이름을 그렇게 쉽게 입에 담지 마십시오. 아! 아……. 어떡해. 어떡

합니까, 어떡해요. 내 이럴 줄 알았습니다. 일어났습니다.
들렸어요. 그렇게 크게 말씀하시면……. 들렸어, 들렸다
고요."

점소이의 얼굴이 새파랗게 질렸다.

점소이가 바라보고 있는 곳으로 시선을 옮기니, 와장방
에서 나왔다는 사파 무림인들이 이쪽을 쳐다보면서 몸을
일으키고 있었다.

점소이는 불난 집에서 피신하시는 것처럼 자세를 낮춘
채, 종종걸음으로 도망치듯 떠났다.

그러던 그때 와장방 무인 하나가 탁자를 밟고 튀어 올
라 점소이의 옆구리를 걷어찼다.

점소이가 꽥하는 비명 소리와 계단 아래로 굴러 떨어졌
고, 와장방 무인 셋이 내 쪽으로 걸어왔다.

그들 중 대장 격으로 보이는 독두(禿頭)가 얼굴을 험상
궂게 일그러트리며 제 대머리를 신경질적으로 문지르며
다가섰다.

그는 내가 탁자에 기대 세워놓은 검집을 쳐다봤다가,
다시 나를 바라봤다.

"사파 동도시오?"

독두가 으르렁거리듯 뇌까렸다.

"설마하니 정파겠소이까?"

"사문이 어디시오?"

쿵!

물음이 끝나기 무섭게, 큼지막한 도가 탁자 위를 찍어 내렸다.

서슬 퍼런 도신(刀身)이 바로 코앞에 있었다.

"딱히 사문이랄 것은 없고, 십초검자께 검법을 사사 받고 있소."

"사천이십사검 십초검자?"

"맞소."

"십초검자가 사파 동도라는 말은 처음 듣는데? 십초검자가 사파 동도냐?"

독두가 뒤로 고개를 돌리며 물었다. 거기에서도 모른다든 대답이 들려왔다. 뿐만 아니라 점소이가 맞고 있는 소리가 계단 아래에서부터 그치질 않고 있었다.

"거, 사람 좀 그만 때리라 해주시오."

독두가 술 냄새를 확 풍기며 바깥쪽으로 기다려!, 하고 외쳤다.

그러자 거짓말처럼 소리가 멈췄다.

"이름이?"

"위효자라 하오."

"어디서 왔소?"

"가왕목에서 왔소."

"마지막으로 묻겠소이다. 십초검자가 사파 동도요?"

독두가 나를 죽일 듯이 노려보며 물었다.

"스승님께서는 정파인이 아니시오."

"그렇다고 사파 동도인 것은 또 아니고?"

"맞소."

"이제 알겠군. 박쥐구만? 진작 그렇게 말했어야지."

"말조심하시오."

"말조심은 네놈이 해야지. 말해봐라. 믿는 구석이 무엇이냐."

바뀐 표정만큼이나 어투도 곧바로 하대로 바뀌었다.

"대체 믿는 구석이 얼마나 대단하기에 이리도 뻣뻣한지 참으로 궁금하구나. 네놈의 목숨이 경각에 달렸다는 것도 모르고 말이야. 아니다 아니야. 됐다, 됐어. 죄가 이리도 과중하니, 무엇이 네놈을 살릴 수 있을까."

"내 목숨이 경각에 달렸다?"

"사파 동도라 했어도 처벌을 피할 수 없었을 텐데! 사파 동도도 아니다? 박쥐같은 놈의 제자다? 그런 주제에 감히 존엄한 이름을 입에 올려? 아직도 이런 경망스러운 놈이 있다니. 대단하다. 대단해. 이 간자(間者) 새끼를 당장 끌고 가!"

놈이 식탁에 꽂혀 있던 도를 뽑아들고 몸을 돌렸다. 놈이 빠진 자리로 둘이 들어왔다.

두 녀석이 내 옷깃을 잡으려던 찰라, 내가 한 박자 빠르게 먼저 몸을 일으켰다.

독두는 벌써 계단을 내려가고 있었다.

"조용히 돌아가라. 너희들이 무슨 잘못이 있겠느냐."

나지막하게 경고했다. 그러자 두 녀석이 실실 웃음을 쪼겠다.

본교의 이름을 올렸다는 이유만으로 혈마교주를 끌고 가려 하다니. 정작, 웃어야 할 건 녀석들이 아니라 바로 이 몸이 아닌가.

호랑이 없는 골에 토끼가 왕 노릇 한다더니.

"그 기세가 어디까지 가나 보자. 따라와라."

한 녀석이 말했다.

더 들어줄 것도 없었다.

어차피 흑웅혈마의 점령군이 해야 할 일이었기에, 이 자리에서 와장방 전체를 단죄할 마음도 없었다. 조사를 하고 그 행위의 정도가 크게 지나쳤다 싶으면, 와장방은 산산조각날 것이다.

스윽.

선 자리에서 한 팔을 들었다. 평상시와 다를 바 없는 느긋한 움직임으로 녀석들의 혈도를 향해 손가락을 뻗었다.

무공을 수련해 온 자들답게 즉각 반응이 왔다.

두 녀석이 손날을 세워 들었다.

그러나 내 손가락이 가까워지자, 두 녀석의 손날이 동극의 자석에 밀린 것처럼 한 쪽으로 비껴나갔다.

탁. 탁.

짧게 두 번.

녀석들의 혈도를 짚었다.

녀석들 입장에서는 눈 뜨고 코 베인 격과 다를 바 없었다. 제 몸으로 다가오는 느릿한 손가락을 빤히 바라보고 있으면서도 막지 못했다.

독두가 일 층에서 기다리고 있었다.

녀석이 팔짱을 낀 채 계단 위쪽을 올려다보고 있었고, 녀석의 등 뒤로 무릎을 꿇은 채 두 손을 싹싹 빌고 있는 점소이가 보였다.

뭐야. 왜 혼자만 내려와?

독두가 그런 어처구니없는 표정으로 나를 쳐다봤다.

*   *   *

"따라와라."

멍청히 서 있는 독두를 향해 그렇게 말한 다음 밖으로 나갔다.

녀석은 계단 위와 내 쪽을 번갈아 쳐다보다가, 내 쪽으로 방향을 틀었다. 녀석이 빠르게 운신(運身)했다.

녀석은 나를 잡기 위해 그가 할 수 있는 최고의 속도를 끌어올리고 있는 중이지만, 거리가 좁혀질 리가 있었다.

"거기 서! 서란 말이다!"

녀석과 거리를 유지하며 시가지 밖으로 빠져나갔다.

정확히 말하자면 녀석을 인적이 없는 곳으로 유도했다.

도시 외곽.

언덕으로 빠지는 오솔길에 접어들었다.

"박쥐가 아니라 추어(鰍魚:미꾸라지)였군! 잡히는 순간 갈가리 갈려서 개 먹이로 던져 질 것이니, 절대 잡히지 말아야 할 것이다! 도망쳐라. 도망쳐!"

녀석이 시뻘게진 얼굴로 안간힘을 다해 쫓아오고 있었다.

숲 안으로 들어온 나는 몸을 멈춰 세웠다.

"잡았다!"

녀석이 달려오던 그대로 붕 떠서 내 머리맡까지 뛰어올랐다.

내 머리를 쪼갤 듯이 떨어지고 있는 녀석의 박도가 느

릿하게 보였다. 나는 박도를 슬쩍 피하며 땅을 막 딛으려던 녀석의 목을 움켜쥐었다. 그리고는 지면으로 내리찍었다.

"커억."

배운 깜냥이 있다고, 녀석이 허리를 활처럼 튕겨내며 나를 떼어내려 놓으려 했다. 각법에도 제법 소양이 있었던 모양인지 오른발을 전갈 꼬리처럼 써서 내 후두부를 노리기까지 했다.

그러나 내 전신에서 십이양공의 공력이 발출되는 순간, 녀석은 자동차가 깔고 지나간 개구리와 같이 완전히 퍼져 버렸다.

"사…… 살……."

살려달라는 말도 제대로 하지 못했다. 입에 게거품을 물고, 두 눈도 흰자위만 보일 정도로 완전히 뒤집혀 까졌다.

그쯤에서 녀석의 목에서 손을 떼고 허리를 세웠다.

"살, 살……. 살려주시오……. 대인……. 제발……."

녀석이 완전히 뻗은 채로 고통을 호소했다.

그대로 가만히 놔두면 일 분을 버티지 못하고 죽을 것인데, 애초에 나는 녀석을 죽일 마음이 없었다. 그래서 톡톡, 발끝으로 녀석의 혈들을 자극해 주었다.

녀석이 침을 질질 흘리며 몸을 뒤척였다. 녀석의 얼굴 위로 혈색이 차차 돌아왔다.

시간이 지났다. 그런데도 녀석은 아무 말도 없었다. 인적 하나 없는 외딴 숲 속 안에 있는데다가, 명백한 힘의 차이를 느꼈기 때문이다.

녀석은 연쇄 살인마의 작업대 위에 올려 진 희생자와 다를 바 없었다.

엉덩이를 조금씩 질질 끌면서 내게서 한 치라도 멀어지려고 했다.

그럴 수밖에 없게도 이쯤 해서 살인멸구(殺人滅口) 당하는 것이 강호의 자연스런 생리였다. 정파든 사파든지 간에 말이다.

천하십절 중에 하나라던 유성도 영도군이 황금장에서 나를 어떻게 하려 했던가. 정명(貞明)한 군자라던 자가 왜 화골산을 들고 다녔겠는가?

"일어나라."

그런데 내가 그렇게 말하자, 녀석이 고개를 번쩍 들어 믿지 못하겠다는 듯한 표정을 지었다.

"죽일 것이었다면 살려 놓지도 않았다."

"참……. 참말이십니까."

녀석이 침을 꼴깍 삼켜 넘기며 조심스럽게 몸을 일으켰

다.

그래도 처세(處世)는 할 줄 아는 놈이다.

반격을 꾀하려는 낌새를 조금이라도 보였다면, 놈이 마지막으로 본 영상은 목이 떨어져 나간 제 몸이 되고 말았을 것이다.

"네놈이 이런 꼴을 당한 걸 본 사람은 아무도 없다. 그래서 네놈을 여기로 데려온 것이다. 나와 헤어지면, 사문에 돌아가서 네 사제들에게 나를 놓쳤다고 하면 그만이다."

"감……. 감사합니다. 대인에 대해서는 끝까지 함구하겠습니다."

"네놈보다 한참 어린 자에게 수치스러운 모습을 보이고 말았으니, 모욕을 당한 것 같으냐?"

"아, 아닙니다. 강호에서 나이가 웬 말입니까. 특히 지금과 같은 정국(政局)에서는……."

꿀꺽.

녀석이 입안에 가득 고인 침을 삼켜 넘긴 뒤 빠르게 말을 붙였다.

"소인이 대인을 몰라 뵀습니다. 진심입니다."

"와장방이라고 하였지?"

"예. 맞습니다. 그런데 대인께는 보잘것없는 무공이겠

으나 그래도 사천이십사도 중에 하나가 소인이고, 사문에서도 항렬이 꽤 높습니다. 그래서 여쭙는 것이 온데, 대인은 누구십니까. 대인을 대하는데 무례를 범할까 봐 여쭙는 것입니다."

독두는 본인이 사천이십사도 중 한 명이라고 밝혔다.

내 위장 신분의 스승인 십초검자가 사천이십사검 중 일인이라는 점을 생각해 볼 때, 그가 가지는 의문은 결코 무리가 아니었다.

"정녕 알고 싶으냐?"

번뜩!

내 눈에서 흉흉한 적안광이 번질거렸다.

"아, 아닙니다."

녀석의 고개가 휙 돌아갔다.

"관군은 언제 해산했느냐? 보이지 않던데."

이번 여정은 하늘이 내린 천재, 그들 탄천삼사만을 찾기 위한 여정이 아니었다.

본교로 인해 천하 정세에 큰 변혁이 있을 수밖에 없었다. 마침 천하를 종횡하게 되었으니, 그것들을 직접 확인하고자 하는 목적도 있었다.

"십 일쯤 되었습니다."

"그 뒤로 너희 와장방이 그 자리에 차지한 것이냐?"

"그게 꼭 그런 것은 아닙니다. 십일 전에 화염극께서 오셔서 관군을 해산 시켰······. 크윽."

녀석이 거기까지 말하고 얼굴을 찡그렸다.

"화염극?"

그 순간에 화염극을 거론하다니, 운이 좋은 녀석이다.

직전의 충돌에서 얻은 내상 때문이라는 것을 눈치챈 나는 녀석의 어깨를 잡아당겼다. 녀석의 몸이 팽이처럼 세 바퀴 휙휙 돌아서 내게 등을 보이는 상태로 뚝 멈춰 섰다.

탁탁.

추궁과혈의 수법으로 녀석의 기운을 제자리로 돌려보내 주었다.

"아······."

녀석은 제 몸에 들어온 심후한 공력에 몹시 놀란 것 같았다.

"감, 감사합니다. 대인."

"화염극이 여기에 왔느냐?"

사파무림은 정파무림보다도 피라미드 계층과 그 위계질 서가 더욱 뚜렷하다.

제일 위에 본교가 있고, 그 아래에 삼살삼사가 있고, 그 아래 각 지역의 대 방파들이 있고, 제일 하단에 소 방파들 이 존재한다.

화염극은 바로 그 삼살삼사 중 하나인 일극파 소속이며, 일극파 안에서도 열두 명의 장로 중에 한 명인 자였다.

즉, 사파 무림 안에서는 상당히 높은 지위에 있는 자라고 할 수 있었다. 그런데 그런 자의 무명이 내 입에서 아무렇지 않게 거론되자 독두 녀석의 두 눈이 휘둥그레졌다.

쿵.

갑자기 앞에서 큰 소리가 났다. 녀석이 무릎을 꿇으며 낸 소리였다.

"소인을 용서해주십시오. 소인이 혈마교에서 나오신 분을 몰라 뵙고, 실로 미친 짓을 했습니다."

제법 눈치가 있었다.

녀석이 불쌍할 정도로 몸을 떨었다.

짜악. 짜악.

있는 힘껏 제 뺨을 때려대기 시작했다.

신분을 감추고자 했다면 녀석을 살려 주지도 않았을 것이다.

"화염극이 여기에 왔느냐 물었다."

"예. 예."

"말해라."

"십 일……. 십 일……. 그러니까 십 일……."

녀석은 직전에 죽음에 임박했던 순간보다 더 겁에 질려 있었다.

나는 그런 녀석을 기다려주었다.

녀석은 심호흡을 몇 번이나 크게 한 끝에 겨우 말을 일어나갈 수 있었다.

"십 일 전에 화염극께서, 아니 화염극이 일극파의 문도들과 함께 와서 관군을 해산시켰습니다."

"무력으로 말이냐?"

"아, 아닙니다. 관청의 벼슬아치와 말이 잘된 것 같았습니다. 그리고 이곳 삼합의 오대 가문과 본 방을 비롯한 삼대 문파를 한데 불러 놓고는……."

녀석의 목소리가 점점 줄어들더니 마지막에 이르러서는 완전히 음소거 버튼을 누른 것처럼 되어버렸다.

"이권을 나누어주었습니다."

보고에 없던 내용이다.

나는 물론이고 흑웅혈마와 색목도왕도 몰랐을 수밖에 없었다.

청해, 감숙, 사천, 섬서 사성의 도읍지에서는 매일 같이 보고가 올라오지만 그 외 지역들은 거의 전무했기 때문이다.

"크…… 크흐흐흐."

웃음이 새어 나왔다.

전 시간대에서는 사천대전에서 삼살삼사가 막대한 희생을 치렀다. 하지만 이번 시간대에서 삼살삼사는 뒤처리만 담당한 수준에 불과했다.

그러니 힘이 남아돌 수밖에 없었고, 백지가 되어버린 세상 또한 가만히 두고 볼 수 없었던 모양이다.

"대, 대인."

"그럼 화염극은 아직 여기에 있겠군?"

마음이 바뀌었다. 어차피 흑웅혈마의 점령군이 처리하게 될 일이라 해도 당장 내 앞에 직면한 일을 두고 방관하고 싶지 않았다.

시간을 오래 잡아먹을 일 또한 아니니.

처리하고 조궁엄을 찾는다.

"가자. 앞장서거라."

녀석이 머뭇거리다가 한 발 내디뎠다. 두 다리가 안쓰러울 정도로 후들거리는 게 보였다.

서늘한 가을 날씨에도 불구하고 땀으로 흠뻑 젖은 녀석의 등을 따라 오솔길을 내려갔다.

시가지를 관통할 때 행상들은 물론이고, 잘 차려입은 비단공자들까지도 독두 녀석에게 먼저 아는 체 인사해왔다.

개중에 더러는 독두 녀석의 끔찍한 안색을 보고 짐짓 걱정해주는 체하는 것들도 있었지만, 독두 녀석의 표독스런 눈빛 한 번에 엉덩이 맞은 개처럼 허겁지겁 물러가기 십상이었다.

"소, 장, 이, 주, 표. 이곳 삼합에서는 오대 가문 중에 소가(素家)가 제일 으뜸입니다. 소가에서 화염극과 일극파 문도들을 대접하고 있습니다."

장원의 겉모습만으로도 지역사회에서 이 가문이 가지는 위세를 짐작할 수 있는 법이다.

"저기가 소가장원입니다."

담벼락이 길었다.

그리고 그 안으로 멋들어지게 치솟은 노송(老松)들이 고개를 빼꼼히 내밀고, 삼 층 전각들이 위용스런 자태를 뽐내고 있었다.

그런데 그뿐만이 아니었다. 담을 따라서 순찰을 돌고 있는 이들을 눈여겨볼 수밖에 없었다. 관군들이 쓰는 창을 꼿꼿이 세운 채 삼삼오오 모여, 조직적으로 움직이고 있었다.

한눈에 보고 알았다. 대외적으로는 관병들이 해산된 것이지만 실상은 유력 가문들이 사병으로 흡수했던 것이다.

한편, 독두 녀석은 내 표정을 살피면서 노심초사하고 있었다.

"무법지대가 따로 없군."

내가 한마디 뇌까렸다. 옆에서 꿀꺽하고 침을 넘기는 소리가 크게 들렸다.

나는 정문을 향해 성큼성큼 걸어갔다.

"누구시오!"

문지기가 제법 군기 서린 자세로 외쳤다. 가문의 위세를 자랑하려는 듯 정문 앞에 세운 사병 여섯 명도 일제히 나를 쳐다봤다.

계속 걸어간 그대로 팔을 저었다.

사병 전부가 뜯겨진 문짝과 함께 장원 안으로 날아갔다.

제6장

불개미

아름다운 화단과 작은 연못이 갖춰진 정원에 들어왔을
때, 벌집을 건드린 것 같이 많은 병사들이 단번에 쏟아져
나왔다.

일백 명이 넘는다. 소란이 일자마자 그 많은 병사들이
쏟아져 나왔다는 것은, 이 가문에서는 전시(戰時)를 방불
케 하는 공방(攻防) 태세를 항상 갖추고 있었다는 것이다.

자경단(自警團)이라기보다는 사냥꾼의 냄새가 짙다.

나는 병사들이 나를 에워싸도록 내버려 두며 그것들의
무장 상태를 점검했다.

병사들 한 명 한 명의 무장 상태가 금방이라도 정규군

에 투입될 만큼 훌륭했다.

쇠미늘을 엮어 만든 단단한 개갑(鎧甲)을 몸에 걸치고, 한 손에는 원형 방패를 그리고 다른 한 손에는 장검을 들고 있다.

군기도 제법이고.

"여기가 어디인지나 알고 소란을 피우는 것이냐!"

덩치 큰 젊은 장수가 병사들이 터준 길 사이로 모습을 드러냈다.

귀 덮개와 화려한 술이 달린 투구.

그것들이 제일 먼저 눈에 띄었다. 의외였다. 대국에서 높은 품계의 무관들이나 할 수 있는 무장 상태였기 때문이다.

"그러는 패국(敗國)의 장수야말로, 왜 여기에 있는 것이냐. 이 병사들은 무엇이고."

피식.

실소를 금치 못했다.

장수의 얼굴이 와락 일그러졌다.

챙!

장수가 멋들어지게 발검(拔劍)했다. 그가 실력을 행사하려던 그때.

"물러서라! 물러서!"

독두 녀석이 병사들의 머리 위를 훌쩍 넘어왔다. 녀석이 내게 난처한 얼굴을 보인 다음 장수에게 다가갔다. 장수는 물론이고 병사들 모두가 독두 녀석을 알고 있는 눈치였다.

"저 무뢰배가 와장방의 손님이었소? 대체 이게 무슨 짓이요. 제대로 설명하시오!"

장수가 나를 노려보며 뇌까렸다. 독두가 경기를 일으키듯 한 손을 빠르게 저으면서, 장수의 귀에 대고 조용히 속삭였다.

그러나 내게는 그 소리가 들렸다.

"혈마교에서 나오신 분이시오."

독두는 단지 그 말만 했다.

독두가 음공의 고수도 아닌데, 장수는 점혈당한 듯이 완전히 굳어버렸다. 오로지 두 눈동자만이 짧은 줄에 매달린 진자처럼 빠르게 흔들렸다.

"뭐하시오. 어서 병사들을 물리치지 않고."

독두가 답답해하며 한 번 더 속삭였다.

"아⋯⋯."

장수는 귀신에 홀린 사람이 돼서 뒤쪽으로 수신호를 보냈다. 병사들이 나타났던 시간만큼이나 빠르게 사라졌다.

"죄송합니다. 소생은 소양원이라 합니다."

본래 무림인이 아니라 대국에 몸을 담고 있었던 무관이었기에 그럴까.

독두 녀석이 본교의 이름을 듣고 소스라치게 놀란 것에 비해서는 담백한 느낌이 있었다. 그 느낌이 그리 썩 나쁘게 다가오지는 않았다.

"이놈은 누구냐."

독두에게 물었다.

"소씨 가문의 장남으로 사천 북방의 병마도감(兵馬都監) 밑에 있었으나, 전란 중에 벼슬을 버리고 고향집으로 돌아왔습니다."

독두가 곧바로 대답했다.

"예. 맞습니다. 비록 소생이 전란 중에는 관군에 속해 있었으나, 단 한 번도 귀교(貴敎)의 대군과는 교전을 했던 적이 없고 항상 귀교를 흠모하고 있었습니다. 소생을 살펴주십시오."

"대인께서는 부디, 소양원을 살펴주십시오."

장수와 독두가 동시에 허리를 숙였다.

"그 무장을 하고 있는 한, 당장 네놈 목을 쳐도 할 말이 없을 것이다."

"예. 소생. 바로 이 무장을 벗어 돼지우리에 던지겠습니다."

"당장 가서 화염극을 데리고 오거라."

그렇게 말한 후, 노송 앞의 작은 의자 위에 엉덩이를 깔고 앉았다.

장수가 철갑 소리를 내면서 뛰어갔고, 독두는 잔뜩 긴작한 채로 내 옆에 구부정히 섰다.

그리고 독두에게는 영원처럼 느껴졌을, 약간의 시간이 흘렀다.

상당한 공력의 소유자가 점점 가까워지고 있었다.

왔다.

그것이 삼 층 처마 끝에서 뚝 떨어져 내리되, 착지 순간에는 풀잎 위에 선 것처럼 가볍게 땅을 디뎠다. 붉은색 피풍의(皮風衣)가 출렁거렸다가 잦아들었다.

영락없이 맹수의 것과 같은 눈초리가 내 전신을 빠르게 훑고 지나갔다. 확실히 정파의 고수들과는 명백히 다른 흉흉한 가시들이 시선 틈새마다 숨겨져 있었다.

"내가 화염극이네."

홍안(紅顔)의 노고수가 기세와는 다른 웃는 낯으로 포권했다.

기싸움을 하자는 것인가? 가소롭게도.

"그대가 화염극인군."

'그대'라는 말에 화염극의 얼굴에 머물러 있던 미소가

싹 지워지고, 눈빛이 날카로워졌다.

"혈마교에서 오셨다 들었네만, 직급부터 밝혀주시게."

음성도 서늘하게 변했다.

"그건 중요치 않지."

"중요치 않다? 이 몸이 화염극이네만."

화염극이 발끈했다.

"그래. 중요치 않지. 그대가 일극파의 장로가 아니라 장문인이라 해도."

화염극의 눈에 힘이 잔뜩 들어가고 입꼬리는 실룩실룩 거렸다.

"귀교의 대(大) 거마들과는 모두 면식이 있는 나네. 헌데 그쪽은 본 적이 없네만."

"그게 무슨 상관이지."

"정녕 몰라서 묻는 것인가? 무리한 걸 부탁하는 것인가? 직급을 밝혀주시게. 하면 내 제대로 대하지. 이런 어쭙잖은 힘겨루기는 동년배끼리 하시고."

"그대야말로 모르는군. 나는 혈마를 섬기고, 그대는 일극파의 제자지. 여기에 내 직급이 무엇인들, 그대의 항렬이 얼마나 높은들 무슨 필요가 있을까."

"……상마가 누구인가?"

"위대하신 혈마신(血魔神)."

아드득.

화염극이 이를 갈았다. 공력 또한 스믈스믈 피어올랐다.

멀쩡히 만개해 있는 꽃이 시들어 죽을 만큼, 홍안의 노고수는 날이 설대로 섰다. 당장 나를 덮쳐도 이상하지 않을 살기가 그의 눈동자에서 번질거렸다.

그러나 나는 보란 듯이 팔짱을 끼고 느긋한 자세를 취했다.

화염극이 코를 벌렁벌렁거리다가 구겨진 얼굴과 함께 눈을 감았다.

이윽고 그의 고개가 천천히 고개를 끄덕였다.

"……노부가 생각이 짧았네."

그가 여전히 눈을 뜨지 않은 채로 말했다. 그가 다시 눈을 떴을 때에는 모욕감으로 잔뜩 상기되어 있는 얼굴과는 상관없이 살기가 사라져 있었다.

화염극은 모르겠지만 조금 전 그는 일극파를 멸문의 위기에서 구해냈다.

물론 더 두고 볼 일이지만.

"여기에 왔더니 황당한 꼴이 보이더군. 그냥 지나칠 수 있어야 말이지."

내가 말했다.

"해명할 수 있네. 해명할 테니 귀교에게 잘 전해주시게. 오해가 없도록."

"들어보지."

내 하대에 그는 미간을 찌푸리면서도 더 이상 날을 세우지 않았다.

"삼합이 혼란스러웠네. 관군이 있기는 했으나 유명무실했고, 삼합의 오대가문과 삼대문파는 전비를 갖추고 있었지. 해서 본 파가 귀교의 고수들이 오기 전까지 정비를 하고 있었던 것뿐이라네."

"삼합뿐인가?"

"삼합뿐이겠나. 평무, 송반, 구채구, 금당, 북천 등지도 사정이 같지. 장문인께서 우리 열두 장로들을 사방으로 보내셨네."

"모두 사천 북방 쪽이군? 남방은?"

"적옥장."

화염극이 짧게 대답했다.

적옥장은 일극파와 같이 삼살삼사 중의 한 곳이다.

그러니까 사천을 무대로 활동하던 일극파와 적옥장이 사천을 둘로 나눠서, 빈집에 들어앉았다 할 수 있었다.

이른바 '병력'은 적어도 삼살삼사가 가지는 위명만으로도 충분히 할 수 있는 일이었다. 본교의 광명을 등에 업고.

"귀교의 전력이 모두 동부전선에 치우쳐 있기에 누군가
는 내부를 다스려 했지. 때를 놓치면 안에서 가시가 돋아
날 게 뻔하지 않은가."

"주제를 넘었군."

"주제를 넘고 있는 건……."

화염극이 노한 수염을 부들부들 떨다가 입을 꾹 다물었
다.

"작금의 상황을 본교에서 어떻게 받아들일 것 같은가."

"구파일방은 물론이고, 대국이 어떻게 무너졌는지 모르
는 사람이 천하에 있나. 또한 이게 어디 숨기려야 숨길 수
있는 일인가."

화염극이 흥, 하고 뜨거운 콧방귀를 뀌었다. 계속 말을
이어나갔다.

"재물을 싸들고 도망치려던 것들을 붙들어 놓았고, 밭
으로 산으로 흩어지려던 병졸들 중에서도 강병을 골라 추
슬러 놓았지. 앞으로 귀교에 큰 쓰임이 되지 않겠나? 비
록 그대는 의심할지언정, 위대하신 교주께서는 본 파의
노고를 치하할 것이네. 흥!"

화염극은 부끄러움 한 점 찾아 볼 수 없을 만큼 몹시 당
당했다.

"저자가 소가의 주인인가?"

멀찍이 서 있는 장년인 쪽으로 시선을 돌렸다.

화염극이 그렇다고 대답했다.

그쪽을 손짓해 불렀다.

거진 스무 명에 달하는 사람들이 기다렸다는 듯이 한 번에 움직였다.

그리고는 내 앞에 이르러서 허리를 깊숙하게 숙였다. 걷기 시작한지 얼마 되지 않아 보이는 어린아이까지 어른들의 흉내를 냈다.

그런데 그 아이를 제외한 전부는 고양이 앞의 쥐처럼 벌벌 떨고 있었다. 어린아이만이 아무것도 모른 눈으로 멀뚱멀뚱 나를 쳐다보고 있다가, 제 어미의 치마폭으로 숨어들었다.

"존엄하신 분께서 본 장에 들려주시니, 자자손손 영광이옵니다. 소인은 소율건이라 하옵고 여기는 제 여식과 자식들이옵니다."

"오늘은 여기서 머무를 것이다. 일단 방은 하나만 준비하거라."

"예. 성심성의껏 모시겠나이다. 이쪽입니다. 술상을 준비해 두었습니다."

"술은 되었다. 방으로 가자."

"예. 예."

소가장주가 몸을 틀었다. 그의 식구들은 물론이고 꽤 멀리 떨어져서 대기하고 있던 하인들까지 양 옆으로 쩍 비켜섰다.

소가장주가 나를 안내한 곳은 안채 중에서도, 장주와 부인의 침실이었다. 그는 나를 혈마교도라는 이유만으로 황제처럼 대하고 있었다.

"다과상을 내오겠습니다."

"아무것도 필요 없다. 따로 말이 있기 전까지 내 주위로 아무도 들이지 말거라."

"명심하겠습니다."

소가장주가 조용히 문을 닫고 나갔다.

공력을 일으켜 청각을 키웠다.

그러자 장원 내에 돌고 있는 무수히 많은 소리들이 밀려들어 오기 시작했다.

"정, 정말? 그러니까 혈마교를 말하는 거지?"

"미쳤어? 골로 가고 싶어 환장했어? 그, 그…… 이름을 입에 담으면 어떡해."

"빨리들 움직이라고 하지 않았느냐. 비켜라. 비켜! 거

기 너. 어딜 가는 게냐!"

"그, 그게…… 너무 떨려서. 소변을 참을 수가……."

"최상품 중의 최상품으로만 담아라."

"예. 예."

"본가의 명운이 그분에게 달렸음이야."

"예. 알고 있습니다. 소자가 동생들을 살피고 아랫것들도 잘 단속하겠습니다. 심려치 마십시오."

"무슨 수를 쓰든, 저 교도의 신분을 꼭 알아내거라. 직급은 무엇이고 상마는 누구인지. 얼마나 왔고 목적은 무엇인지. 일체 전부 다! 서둘러라."

"그렇지 않아도 장망을 열어 두었고, 저도 일대를 쭉 둘러보았습니다만. 아무래도……. 혼자인 것 같습니다."

*　　　*　　　*

"난데없이 이게 무슨 사단이란 말이오. 혈마교도가 정문을 부수고 들어왔소이다. 이게 무엇을 뜻하는지 정녕 모르시오?"

"가주께서 말씀해 보시게. 무엇을 뜻하는 것인가."

"허어! 혈마교에서 우리 가문을 인정하지 않을 거라는 말이지 않소."

"고작 어린 교도 한 명 때문에 섣불리 단정 짓지 마시게. 문을 부순 것이야 그저 힘을 보이고 싶어 하는 것이니, 장단에 맞춰주시면 될 일이고."

"허! 정녕 모르시오? 모든 문제는 거기서부터 시작한단 말이외다."

"너무 앞서 나가지 말게. 말했지 않은가. 어린 교도 한 명이 당도한 것뿐이니……. 가주께서 체통을 지키셔야 아랫것들도 놀라지 않지."

"그러는 장로는 체통을 지키셨소? 내 못 보았을 것 같소이까? 전부 보고 들었소이다. 그 하대들을 참고만 있는 게 정녕 체통을 지키는 길이었소? 혈마교도라고는 하나, 장로의 손자뻘 아니오. 무림에서도 장로가 하늘같은 대선배이거늘."

"……가주."

"흠흠. 장로야 일이 그르치면 떠나면 그만이겠지만 본가는 아니오. 가문의 안위가 걸려 있소이다. 장로의 호언장담이 아니었다면 본가는 지금쯤 귀주에 있었을 것이외다. 허니 장로와 일극파가 본가를 지켜줘야만 하오."

"순진한 사람이로고. 남기로 한 것이야 가주가 선택한 것이고, 또 혈마교가 원하는 것이 있다면 어찌 본 파가 막을 수 있겠는가. 설사 그것이 소가라고 할지라도 말일세."

"장로! 그게 무슨 말씀이시오. 이제와서 발뺌하겠다는 것이오?"

"……계속 그렇게 언성을 높일 텐가?"

"크흠."

"어린 교도 한 명만 당도했을 뿐인데, 대행혈마단이라도 왔다면 어떻게 하시려고?"

"대, 대행혈마단이라니! 아무리 장로라 하여도 함부로 입에 담지 말아야 할 게 있소이다."

"그러니 우리에게는 잘된 일이라는 거네. 올 게 온 건데."

"……사필귀정(事必歸正)."

"그런데 단 한 명. 감사해야지. 천재일우(千載一遇)가 따로 있나? 즐거운 마음으로 맞아주게나."

"다른 교도들은 어디에 있소?"

"이쪽에서 알아보고 있으니, 가주께서는 섣불리 사람들을 쓰지 말게. 가주께서 해야 할 일은 저 교도의 장단에 맞춰주고 환심을 사는 일일세."

"……"

"책만 잡히지 마시게. 감출 것은 감추고. 특히 그 '장부'는 제대로 감춰야 할 걸세. 그럼 순리대로 흘러가게 될 거니."

고금 역사를 통틀어 봤을 때.
왕조가 바뀌어도 토착세력들의 기득권이 바뀌는 경우는 흔치 않다.
그게 저들이 말하는 순리였다.

"순리대로라……."
"작금의 혈마교를 누가 당해낼 수 있겠나. 우리는 순리대로 흐르기를 기다릴 수밖에 없네. 그러니 더 더욱이 몸을 낮춰야 할 걸세. 외줄을 타고 있는 마음으로……. 아랫것이 왔군."
"게 누구 왔느냐?"
"소인입니다요."
"무슨 일이냐."
"그…… 그…… 그분께서 귀객(貴客)이신 장로님을 찾으십니다요. 지금 바로……."
"알겠다."
"예, 예. 하면 물러가겠습니다요."

"장로. 어서 가보셔야겠소."

"다녀오리다."

그쪽에서부터 발걸음 소리가 점점 가까워졌다.

"건방진 놈······."

그렇게 혼자 짧게 중얼거린 지 얼마 안 되서 그가 문을 열고 들어왔다.

"나를 불렀는가."

조금 전까지 나를 떠올리며 이를 갈던 그가, 막상 들어와서는 뒷방의 늙은이처럼 느긋한 얼굴을 내비쳤다.

"그대가 나를 찾아올 거라 생각했는데, 깜깜무소식이더군."

"가주에게 아무도 들이지 말라고 하였다 하지 않았는가."

"그대는 아니지. 해명해야 할 게 남지 않았는가. 이제 자리도 마련되었겠다, 그 해명이란 것을 듣고 싶군."

"전부하지 않았나."

"그래? 그리 생각한다면 돌아가도 좋다."

화염극은 가만히 서 있다가, 조용히 내 앞으로 다가와

앉았다.

"무엇이 거슬리는 겐가. 그게 무엇이든 해명할 수 있네만."

그가 말했다.

"그럼 듣고 싶군. 일극파에서는 열두 장로들을 사방으로 보냈다지?"

"맞네."

"많은 곳들이 전란을 피해갔지. 혈마군이 지나치지 않은 곳들이 많아. 그런 곳들은 하나같이 관군들이 남아있지."

"그렇네만?"

"이 장원만 보아도 일백 명이 넘는 관군들이 보이더군. 그대가 나누어 주었다 하던데? 그대 또한 강병들을 추슬러 붙잡아 두었다 했었고."

화염극이 천천히 고개를 끄덕였다. 그리고는 대수롭지 않다는 듯이 입을 열었다.

"본래 그 군사들은 모두 굶주려 있었네. 나라의 주인이 바뀌었고 병마도감과 감찰사도 도망쳤으니 끼니가 지급되지 않은 거였지. 그래서 내가 여기에 왔을 때에는, 관군들이 제 먹고 살길을 찾아 떠나는 형국이 펼쳐져 있었다네. 헌데 귀교가 추후에 이 나라를 다스리는 데 있어서 더 많은 군사가 필요하지 않겠는가. 그들을 붙잡아둘 필요가 있었네. 졸병들이야 농부에게 쟁기 대신 검을 들린 것이라 쳐도, 군기가 제대로 선 강병들은 모두 나라의 재산이 아닌가."

"흠."

"남아있던 일천이백 명 중 오백 명을 붙잡아 두었네. 귀교가 당도하는 대로, 오대가문에서 군사들을 모두 인계할 것이네. 이래도 본 파를 의심할 텐가?"

"그것은 그대의 생각인가? 일극파 장문인의 생각인가?"

"본 파의 장문인까지 거론하겠다는 것인가? 그렇다면 그대도 이제 그만 직급을 밝히시게."

"다른 곳들의 사정도 물어보려 했었는데, 물어 보나마나겠군. 장문인의 지시에 의해서 관군들을 흡수했다?"

"속단하지 마시게."

"삼합에만 오백. 다른 열한 곳을 합치면 얼추 오천이 넘고. 각 유력 가문들의 사병들까지 긁어모으면 일만은 만들어지겠군?"

"어찌 그런!"

화염극의 눈에서 붉은 안광이 번뜩였다.

그가 열기를 일으키며 의자를 박차고 일어섰다. 그런

다음 무시무시한 눈으로 나를 내려다봤다.

"적옥장까지 가세한다면, 그대들은 이만의 군사들을 지니게 된 것이로군?"

내 그 말에 쾅, 하고 도화선에 불이 붙었다.

"꼭 사존(邪尊)이라도 되는 것처럼 말하는구나! 대체 네 녀석이 무엇이기에! 이 화염극을 이리도 핍박하는 것이냐. 직급이 무엇이냐 말이다!"

심지가 완전히 타들어 가는 순간, 일극파의 절기 중 하나인 대라화천마공이 화염극의 전신 밖으로 솟아날 거다.

아니나 다를까.

그 뜨거운 기운이 나를 압박해 들어오기 시작했다.

'혈마교의 위세만 믿고 설치는 어린 것아! 어디 받아 볼 수 있다면 한 번 받아 보거라. 그 큰 코를 납작하게 만들어줄 것이다.'

거의 그런 식이었다.

"흥."

그런데 내가 표정 하나 달라진 것 없이 코웃음을 치자, 그의 머리 위로 물음표와 느낌표가 동시에 떠올랐다.

화염극이 뿜어내는 열기가 단번에 두 단계 이상 거세졌다. 무형의 기운이 형체를 갖췄다. 활활 타오르는 붉은색 그물을 연상시켰다.

그것이 나를 집어삼키듯이 날아왔다.

바로 그때.

내 전신에서도 열기가 일었다.

뜨거운 바람이 뻗기 무섭게 아지랑이의 모습으로 형체를 갖춘 그 순간, 화염극의 염막(炎膜)을 찢어 버렸다.

산산조각 갈라지는 염막 밖으로 내 붉은색 기운만이 하늘하늘 움직였다. 화염극이 토해냈던 기운은 어디에도 없이 사라져버렸다.

"대라화천마공이……."

불이 불을 갈랐다. 화염극이 도무지 믿을 수 없다는 듯이 중얼거렸다.

"그 화공심법(火攻心法)은 대체 무엇인가. 어떻게 대라화천마공을……."

화염극이 눈을 번쩍 뜨며 정신을 차렸다. 그가 부쩍 늙어 버린 얼굴로 조심스럽게 입을 열었다.

"혹…… 혹, 십이양공입니까……."

나는 대답하지 않았다.

그럼에도 그는 세상 무너진 듯한 얼굴을 스쳐 보이며 제자리에 무릎 꿇었다.

"사존이신 혈마교주님을 뵈옵니다. 부, 부디 용서해 주시옵소서. 용서해 주시옵소서."

고개를 푹 숙인 그의 어깨가 부르르 떨리고 있었다.

"진위를 가려내겠다. 일극파가 정녕 본교에 충성스러운 마음으로 관군들을 통제하고 있었던 것이라면, 비록 주제를 넘었다 하더라도 그 노고를 치하하겠다. 허나 흑심을 품고 흡수한 것이라면 일극파는 멸문을 면치 못할 것이다."

*   *   *

화염극의 목 뒤 마혈(魔穴)을 찍었다. 그를 침대로 옮겨 이불을 머리끝까지 덮었다. 그런 다음 역용을 한 뒤 그의 옷으로 갈아입고 밖으로 나왔다.

하인이 보였다. 하인도 안채에서 나오는 나를 보고, 기다렸다는 듯이 뛰어왔다.

꿀꺽.

잔뜩 겁을 먹을 얼굴로 뛰어온 그가 내 앞에서 허리를 굽실거렸다.

"다행입니다요. 안에서 무슨 큰일이 일어난 것 같아서……. 쇤네, 장로님 무사님들께 달려가려고 했습니다요. 얼마나 놀랐는지."

"큰일은 무슨. 잠시 무공을 논한 것이네. 그대가 어찌 알까."

"그럼요. 그럼요."

"안에 누가 계시는지 아는가?"

"그럼요. 장로님. 그…… 분께서 계시지 않습니까요."

"알면 됐네. 그분께서 절대 아무도 들이지 말라는 엄명을 내렸네. 그 누구도 말일세."

"가, 가주님도요?"

"그렇지. 가주께는 내가 전하겠네. 가주는 어디 계시는가?"

"조연당에서 계실 겁니다요."

"알겠네. 안에는 어떤 용무든지 간에 아무도 얼씬 말아야 할 것이네. 그분께서 스스로 나오실 때까지."

"예. 예. 소인이 꼼짝 않고 지키고 있겠습니다요."

안채로 안내받던 길에 조현당이라 적힌 현판을 본 적이 있었다.

조약돌로 깔린 정원길을 걸었다. 흙먼지 하나 보이지 않을 만큼 길과 현판 등이 깨끗했다. 전쟁이라도 일어난 것처럼 분주하게 움직이고 있는 이곳 하인들의 작품이었다.

그러던 문득 먼 뒤에서 나를 부르며 뛰어오는 소리가 들렸다.

일극파 제자였다.

"장로님."

목소리로 보아하니, 화염극과 일대일로 대화를 나누었던 그의 최측근이 분명했다.

주위를 쓰윽 돌아보는 녀석의 얼굴이 몹시 신중했다. 녀석이 내 귀에 대고 속삭였다.

"혈마군이 오고 있습니다."

"혈마군이 오고 있어?"

"예."

"지금 여기로 말이냐? 갑자기 혈마군이라니."

혈마교주가 나고, 흑웅혈마에게 점령군을 맡긴 것도 나였다.

그랬던 나도 상당히 놀랄 수밖에 없었는데 다른 사람들이야 오죽할까 싶었다. 실제로 일극파 제자 녀석은 이마에 땀을 흘리면서까지 잔뜩 긴장하고 있었다.

"면양(綿陽) 발 전서구가 도착했습니다."

녀석이 소매 안에서 한 뼘 크기의 조그마한 쪽지를 꺼내 내게 건넸다.

거기에 세필(細筆)로 조그맣게 쓰인 글자들을 눈으로 읽었다.

[면양 발(發). 혈마군 진입. 일만 오천에서 일만 팔천으로 추정. 진입 즉시 삼백여 명을 잔류시키고 남하(南下). 십분지 일은 남동 삼합행. 십분지 구는 남서 성도행. 광원과 파중 등 북방에서 전서구가 도착하지 않음. 고로 이 전서가 삼합에 도착할지 미지수. 확인 즉시 답서 요망. 삼합 저(着).]

흑웅혈마.

그는 마치 그에게 점령군을 맡기길 예상했던 것처럼, 내 명령이 떨어지자마자 혈마일군을 몇 개로 쪼개 사방으로 보낸 것이었다.

그 군단들이 도시 규모에 마땅한 점령군을 순차적으로 잔류시키고, 그 외 병력들을 거점의 분기마다 다시 몇 개로 나눈다. 그렇게 신속하게 점령지역을 넓혀 가는 방식으로 사방팔방에서 내려오고 있는 중이다.

나는 속으로 미소 지었다.

흑웅혈마가 기대했던 것 이상으로 잘 해주고 있었다.

"면양이라. 전서구가 날아온 시간도 있고 하니 곧······. 그들을 볼 수 있겠군."

"지금 당장 나타나도 이상할 게 없습니다. 장로님. 서둘러야 하십니다. 오대가문과 삼대문파를 모두 대령해 놓겠습니다."

"그래야겠지. 가라."

"옛."

녀석은 그가 할 수 있는 가장 빠른 속도로 경신술을 펼치며 사라졌다.

나는 끌끌 웃으면서 조현당으로 향했다.

많은 이들이 모여 있었다. 소가장주는 그의 부인들과 자식 그리고 식객들을 모아놓고, 혈마교도의 환심을 사야 하는 이유를 장황하게 설파하고 있는 중인 것 같았다.

"장로!"

소가장주가 내가 도착한 것을 알아차리고 이쪽으로 뛰어왔다.

그의 가족들이 먼 곳에서 내게 목례를 해왔다.

"무슨 얘기들을 나누었소?"

그가 물었다.

"해명을 원하였네."

"무엇에 대한 해명을 말이오?"

"무엇이겠나? 관군이지."

관군이라는 말 한마디에 그의 얼굴이 바짝 굳었다. 그가 뭔가를 언성 높여 말하려 할 때였다.

"주인마니이이이임!"

거의 비명에 가까운 고성이 불쑥 튀어 나왔다. 하인 하나가 양팔을 허우적대면서 뛰어왔다.

조현당에 있던 부인이 하인을 그쪽으로 불렀으나, 하인은 그 부인을 무시한 채 소가장주에게 뛰어왔다.

"큰일! 큰일 났습니다!"

그 하인을 시작으로, 남녀노소 할 것 없이 많은 사람들이 백화문을 통해 조현당 앞뜰로 쏟아져 들어오기 시작했다.

"장로!"

소가장주가 눈알이 튀어나올 것같이 두 눈으로 나를 쳐다봤다.

조현당에 있던 소가장주의 가족들 또한 하인들과 함께 우리 쪽으로 몰려들었다. 그 짧은 사이, 하인들에게 무슨 소리를 들었던 모양인지 소가장의 가족들과 식객들은 완전히 사색이 되어 있었다.

"그, 그들이 장, 장원으로 들어 왔습니다요. 어서 피하셔야 합니다요."

"혈, 혈마교입니다! 혈마교예요!"

"이를 어쩌면 좋아요."

"살려주세요. 주인마님. 장로님. 우리를 다 죽일 거예요."

"혈마교다! 혈마교야!"

평화롭고 아름다웠던 조현당의 앞뜰이 아비규환(阿鼻叫喚)으로 변해버렸다. 다들 공포로 파랗게 질려 있을 때, 오로지 나만이 빙그레 웃고 있었다. 정말 빨리도 왔다. 이쪽에서 어떻게 대책을 세울 틈도 없이 한 번에 몰아쳐 들어온 점이 무척이나 흡족했다.

"장주"

소가장주는 반쯤 정신이 나갔다. 초점 없는 눈으로 주위를 두리번거리고 있었다. 그의 어깨에 손을 올렸다. 그러자 소가장주가 흠칫 놀라며 나를 쳐다봤다.

"그 '장부'는 어디에 감춰 두었나?"

정신이 없는 틈을 타서 물었다.

나는 소가장주가 반사적으로 부인의 치마를 쳐다보던 것을 놓치지 않았다. 그러나 소가장주는 고개를 설레설레 저으며 내 손을 있는 힘껏 붙잡았다.

"일극파가 우리 가문을 지켜준다면, 장부가 세상 밖으로 나오는 일은 없을 것이오. 부디 우리 가문을 지켜주……."

소가장주가 말을 하다 말고 제 가족들에게 뛰어갔다.

백화문에서 벌어지고 있는 상황을 본 거다.

사병화 된 관군들 또한 백화문에서 밀려 나오고 있었

다. 바깥쪽의 대상을 향해 칼을 겨누고 있지만 차마 휘두르지는 못하고, 저쪽에서 다가오는 만큼 뒷걸음치며 물러나고 있었다.

군화발이 백화문 문턱을 넘었다. 혈귀의 얼굴이 새겨진 원형 방패가 고개를 들이밀고, 붉은색 바지 자락이 지면을 스쳤다.

"혈마는 위대하시다."

본교의 고수가 나타났다.

낯익은 얼굴에 제법 들어본 목소리. 반가워서 나는 속으로 씩 웃었다.

스무 명의 대행혈마단원 중 하나인 막구구였다. 금번의 대전 중에 나와 함께 주요 요인들을 제거하러 다녔던 열 명의 살귀 중에 한 명이기도 했다.

"혈마는 위대하시다."

"혈마는 위대하시다."

사악한 저주를 거는 것 같은 중얼거림이 이어져 나왔다.

다섯 명씩 행을 갖춘 혈마군들이 정원 안으로 들어오고 있었다.

검집에서 검을 뽑지 않아도, 그저 걸어오는 것만으로도 주변을 압도했다. 도리어 검을 쥔 병사들이 벌벌 떨었다.

사십 행,

총 이백 명이다.

혈마군들이 뿜어내는 흉흉한 기운들이 정원 전체에 가
득 찼다.

뿐만 아니라 투구 아래로 은은하게 발광하고 있는 적안
광들은 꼭, 이 집안사람들을 저승으로 끌고 가기 위해 나
타난 사자(使者)의 그것들처럼 보였다.

"소양원."

막구구가 정확히 소가의 식솔들 속에서 정확히 소가장
주를 찾아냈다. 막구구의 흉폭한 시선을 견디다 못해, 소
가장주가 천천히 앞으로 나왔다.

그때 막구구는 나를 향해서도 가까이 오라고 손짓했다.

소가장주는 걷는 속도를 맞춰 나와 어깨를 나란히 하고
걸었다. 그러면서 절박한 얼굴을 계속해서 비춰 보였다.

"당신이 화염극?"

기분이 묘했다.

어제의 내가 막구구가 되고 어제의 화염극이 내가 된
꼴이었으니까.

"그렇네만."

그렇게 대답하자 흥미로운 일이 벌어졌다.

내가 화염극이라는 것을 인정하는 순간에, 오 열 사십

행으로 대열해있던 혈마군이 일제히 산개했다.

쉬아아악. 쉭쉭.

머리에서 머리 위를 붉은 것들이 정신없이 날아들었다.

어느새 나는 빠져나갈 틈 하나 없이 포위되어 있었으며, 혈마군들이 뽑아든 검들 또한 모두 나를 향해 겨눠져 있었다.

한편 나 때문에, 아니 화염극 때문에 졸지에 혈마군들의 포위망에 갇힌 소가장주는 입술을 어버버 떨면서 무슨 말도 하지 못했다.

"이게 무슨 짓인가. 노부가 일극파의 장로, 화염극일세."

"화염극. 도망치면 죽인다."

막구구의 두 눈에서 일렁거리고 있는 살기로 봤을 때 결코 거짓이 아니었다. 막구구 뿐만이 아니라, 나를 에워싼 혈마군 전체가 그랬다.

혈마군들의 눈빛은 벌써 내 목을 몇 번이나 잘랐다 붙여놓길 반복하고 있었다.

화염극을 향한 강력한 분노가 거기에서 꿈틀거리고 있었던 것이다.

그걸 느끼고 알았다. 이번 일은 내가 직접 나서지 않았다 하더라도, 빠르게 해결되었을 일이었단 것을 말이다.

"이미 위쪽에서 전부 들통 난 모양이구나. 빠르구나. 빨라. 크하하."

실로 기분이 좋아서 웃음을 터트릴 수밖에 없었다. 소가장주는 그런 나를 미친 사람처럼 쳐다봤다.

"막구구."

웃음을 멈추며 말했다.

막구구는 화염극의 입에서 제 이름이 나오자 더러운 것이 묻은 냥, 얼굴부터 일그러트렸다.

"안채의 장롱과 소가 부인의 속곳 안을 뒤져 보거라. 재미있는 것들을 발견할 수 있을 것이다."

두드득.

허리를 고쳐 세우는 단 한 번의 동작만으로 하늘 높게 치솟아 올랐다.

그 순간, 삼합 전체에서 불개미 떼처럼 움직이고 있는 혈마군들의 모습들이 한 눈 가득히 들어왔다.

* * *

"어르신. 그렇게 있다가는 정말 큰일납니다. 이쪽으로. 어서 이쪽으로 오십시오."

"어엉?"

"이럴 때일수록 정신 바짝 차려서 죽은 듯이 숨어계셔
야 합니다. 괜히 잘못 걸렸다가는 그대로 목 날아갑니다.
이렇게 정정하신데 더 사셔야죠. 거리에는 왜 나오신 겁
니까."

"못 나올 건 또 뭔가. 내 발로 내가 나오겠다는데."

"그 집 며느리가 말리지 않습니까."

"혼자네만."

"어르신. 큰일 나겠습니다. 지금 세상이 어떻게 돌아가
는지 모르십니까?"

"눈이 침침하고 귀가 먹어들어 가고 있어도. 내 나이쯤
되면 천기를 읽을 줄 안다네."

"말은 청산유수십니다. 어르신 걱정돼서 드리는 말입니
다."

"뭔데."

"당분간 집 밖으로 나오지 마십시오. 저기 병사님들 보
이십니까."

"보이지 그럼."

"나랏님이 바뀌었습니다. 어르신. 저 병사님들이 무섭
지도 않으십니까."

"죄 지은 것도 없는데 무섭긴 왜 무서워."

"정말 큰일날 분이십니다. 거리에 저 병사님들 밖에 없

죠? 왜 그런 것 같습니까."

"눈이 침침하다니까."

"눈이 침침해도 천기를 읽으실 줄 안다 하지 않으셨습
니까. 그럼 아셔야지요. 댁에서 조용히 지내세요. 지금 난
리도 난리가 아닙니다."

"엉?"

"소가, 장가, 이가, 주가, 표가. 그 집안 모두 풍비박산
나고 가주들 모두가 관청에 끌려갔습니다. 그뿐만 인줄
아십니까. 와장방, 흑표단, 십주파는 하루아침에 온데간
데없이 사라졌습니다."

"에잉. 그 집안들이 어떤 집안들인데! 자네는 어려서
잘 모르겠지만, 그 집안은 나랏님도 어쩌지 못하는 곳이
란 말일세."

"제 말이 그 말입니다. 헌데 사실입니다."

"원 농담도 정도껏 하시게."

"하아. 저 병사들 눈에 띄어서 좋을 것 없으니, 여기서
좀 계시다가 댁으로 들어가십시오. 어르신. 아. 그렇게 아
니라 제가 모셔다 드리죠."

"어디 사는 줄 알고?"

"요 밖에 장천곡에서 내려 오셨지 않습니까."

"장천곡이 아니라 내천곡이야. 원 사람들이……. 장천

곡. 장천곡. 마음대로 이름을 바꿔?"

 "그야 장천 조궁엄이 있는 곳이라서, 그렇게들 부르는
게 아니겠습니까."

제7장

관문을 넘어

　나는 우임 장삼에 검은색 두건을 쓰고 한 손에는 검집을 들었다.

　불자(拂子)라고 불리는 먼지떨이 대신 검집을 쥐고 있는 것만 제외한다면, 이쪽 세상 문인들의 전형적인 복장이었다.

　장천곡 주민들이 알려주는 방향으로 들어가다 보니 어느새 깊은 숲 속에 있었다.

　그래도 사람 다니던 흔적들을 쫓아서 가던 끝에, 이곳 주민들이 말하던 장천 조궁엄의 처소를 발견할 수 있었다.

불긋한 낙엽들이 조약돌 위에 넓게 깔려있다.

그리고 비록 작지만 신선도에 그려질 법한 기품있는 소나무 한 그루와 나무 밑동을 다듬어 만든 앉을 수 있는 공간도 있었다.

그 덕분에 매우 운치가 산 곳이었다.

뜰에서 서성이고 있는 한 사내가 보였다.

그 또한 그도 나와 같은 문인의 차림을 하고 있었다.

"어엇!"

그가 나를 발견하고는 빠르게 뛰어오더니, 내 얼굴을 확인하자마자 걸음을 멈췄다.

그에게 걸어가 포권했다.

제갈공명을 기대하고 있던 나는, 그의 별다를 것 없는 외양에 적잖이 실망하고야 말았다.

잘생기고 못생기고의 문제가 아니라, 그에게서 현기(玄機)가 느껴지지 않았다.

무릇 비범한 재주가 있는 사람들은 풍기는 분위기부터가 남다른 법이다.

눈빛이 살아있는 자를 만날 줄 알았다.

거기에서 느껴질 직관력(直觀力)은 내공의 유무와는 상관없이 함부로 대할 수 없는 사람이라는 것을 느끼게 해 줄 줄 알았다.

그런데 아니었다.

"장천 선생이십니까?"

혹여나 하는 마음에 물었다.

"이 못난 필부(匹夫)가 설마하니 형님이겠소?"

사내가 대답했다.

"하면?"

"형님의 의제(義弟)지 뭐겠소. 헌데 공자는 무림인인 게요, 사인(士人)인 게요?"

"소개가 늦었습니다. 가왕목에서 온……."

사내가 내 말을 가로챘다.

"그러니까 무림인인지 사인인지?"

어딘가 몹시 급해 보였다.

"무림인이라면 여까지 왜 왔겠습니까."

"검을 들었다고 다 무림인이 아닌 것처럼, 조건(皁巾)을 썼다고 전부 사인은 아니지요. 그건 그렇고 검도 지니고 다니겠다. 무공은 제법 할 줄 아시오? 공자?"

"뛰어나지는 않습니다."

"잘 됐소."

그가 씩 웃었다.

"그럼 나랑 어디 좀 갑시다. 공자."

"장천 선생께서는 어디에 계십니까."

"지금 그 얘기를 하려는 게요. 형님이 아직도 돌아오지 않고 있소."

사내가 노을 진 산을 멀찍이 바라보면서 눈살을 찌푸렸다.

"몇 날 며칠 활을 만들고 궁술(弓術)을 연마하더니, 기어이 산을 타러 갔소. 그게 오늘 아침이오."

"산엔 왜 들어가셨습니까?"

"형님의 기벽(奇癖)이 또 도진 거지 뭐겠소. 날 도와주시겠소? 저기에서 호환(虎患)을 당한 사람이 한둘이 아니오."

"호환이라니. 걱정되는군요."

"단국(斷國)이라 하오."

"위효자입니다."

자신을 단국이라 소개한 사내가 처소 뒤쪽에서 나무 막대기를 가져왔다.

사내는 나무 막대기 끝에 돼지기름 뭉친 것을 잔뜩 발라 놓고 부싯돌도 챙겼다.

"위 공자. 갑시다."

"산길은 잘 아십니까?"

"길을 잃지 않을 정도는 되오. 서두릅시다. 곧 날이 저물겠소."

처소는 산 중턱쯤에 있었다.

산 아래로 내천곡 혹은 장천곡이라 불리는 계곡을 따라 이십여 호의 민가와 계단식 밭들이 보였고, 조금 더 시선을 멀리 잡으면 삼합 시내가 한눈에 보였다.

아주 조그맣지만, 본교의 혈마군들이 분주하게 움직이고 있는 모습들이 잘 보였다.

사내가 거기를 알 듯 모를 듯한 표정으로 내려다봤다.

그러다 내 쪽으로 시선을 돌렸다.

"형님 밑에서 공부하려는 거요?"

사내가 산길을 오르기 시작하며 물었다.

"아닙니다. 고견을 청하러 왔습니다."

"그쪽이었구려."

"예?"

"수학(受學)하러 왔거나, 형님의 지혜를 얻으러 왔거나."

"아······. 예. 저는 장천 선생의 지혜를 빌리고자 왔습니다."

"그런데 맨손으로 오셨소?"

"그럴 리가 있겠습니까."

사내의 시선이 내 시선을 따라 아래쪽으로 움직였다. 내 허리에 매달린 두둑한 전낭을 본 그는 턱을 쓰다듬으며 고개를 끄덕거렸다.

한참을 걸어 올라갔다.

어둠이 내려앉고 있을 무렵, 문득 사내가 전의 이야기를 끄집어냈다.

"어느 쪽에 줄을 서야 하는지 묻기 위해서 왔다면 말이오. 형님의 지혜까지 필요 없소. 어린아이도 대답할 수 있겠지. 대세는 신국(新國)이지 않소."

"제가 그리 보이십니까?"

내 물음에 사내가 당연하다는 듯이 웃어 보였다.

"신국의 권세가들이 어떤 자들인지 모르시지는 않겠지요?"

내가 물었다.

"먼 사막에서 온 야인들이라 하외다. 혈마교를 모르는 사람이 있소?"

사내가 거기까지 말하고 걸음을 멈췄다.

횃불에 불을 붙이기 위해서였다.

좀처럼 부싯돌로 불을 붙일 수 없었던지, 사내의 얼굴이 점점 신경질적으로 변했다.

내가 손을 내밀자 그가 부싯돌과 막대기를 건넸다.

부싯돌을 부딪치던 순간에 열기를 살짝 일으켰다.

화르르륵.

단번에 대나무 끝으로 불길이 피어올랐다.

"무서운 사람들입니다. 비록 제가 무림인이 아니라 하나, 무공을 배웠기 때문에 그쪽 풍문은 자주 들어 알고 있습니다."

"저기 보이시오?"

사내가 횃불 끝으로 산 아래쪽을 가리켰다.

"무엇으로 보이시오?"

일렁거리는 횃불의 불길 밖으로 사내의 얼굴이 환히 비쳤다.

삼합 시내에서 혈마군들이 피어 올린 횃불이 그의 눈속에 한가득 담겨 있었다.

"내게는 화전(火田)으로 보인다오."

사내가 중얼거렸다. 이상하게 마치 꿈을 꾸는 듯처럼 그의 눈빛이 몽롱해졌다.

"농경하는 그 화전 말입니까?"

그가 고개를 끄덕였다.

"야초와 잡목을 태워 그 재로 땅을 비옥하게 만들 듯, 오대가문과 삼대문파가 탄 자리에서 삼합은 번성하게 될거요. 이는 오로지 사막의 야인들만이 할 수 있는 일인 게요. 감히 어느 왕조가 저리할 수 있겠소? 위 공자는 출세하기 좋은 세상에서 태어났소. 하하."

사내는 다시 발걸음을 옮겼다.

뒤따라가며 그의 등에 대고 말했다.

"화전을 한 자리에 다시 화전을 일굴 수 없는 법. 화전
은 지력을 쇠하게 합니다. 당장은 좋아지는 것처럼 보여
도 종국에는 그 한계가 드러나고 말 것입니다."

"세상사가 다 그렇지 않소. 올라가면 내려가고 내려가
면 올라가는 거요. 농상(農商)을 비롯하여 이 세상일 어느
하나 바퀴처럼 돌아가지 않는 것이 없소."

입을 다물고 앞에서 들려오는 소리에 귀를 기울였다.

"그래서 훌륭한 농부들은 윤경(輪耕)을 잘한다오. 지력
을 읽을 줄 아는 것이라오. 땅이 비옥해졌을 때에는 감자
를 심고, 보통일 때에는 조를 심고, 척박할 때에는 귀리
따위를 심는 게 그런 이유요."

사내는 계속해서 경사 높은 산길을 밟았다.

"그야 훌륭한 농부나 그렇다는 말이지 않습니까."

"사내대장부들은 누구나 입신양명을 원한다오. 위 공자
처럼 말이오. 위 공자 같은 사람들이 자연히 새 나라에 몰
릴 터인데, 그중에서 훌륭한 농부 하나 없겠소?"

"귀공께서는 야인들이 세운 나라를 참 좋게만 보십니
다."

"그 강성했던 진왕조가 왜 화무십일홍(花無十日紅)으로

무너졌다 생각하시오?"

"시황제의 폭정과 혹형 그리고 무리한 축성 때문이 아닙니까?"

그때, 사내가 웃는 얼굴과 함께 내 쪽으로 몸을 돌렸다.

"부자도 삼 대는 가는 법이요. 헌데 진왕조는 고작 15년도 되지 않아서 무너졌소."

"그렇지요. 하면 무엇 때문인 것 같습니까?"

"시황제가 너무 너그러웠소."

너그러웠다?

"시황제는 천하를 통일한 이후, 본래 진나라 사람들과 육 국 사람들을 차등 없이 대했소. 그러면 육 국 사람들이 진나라 사람들처럼 복종할 거라 생각했던 거요."

"그렇습니까?"

"헌데 그러했으면 토착 세력들을 멸절시켜야 했을 것인데, 너그러웠던 시황제는 토착 세력들까지 안으로 안았소. 그게 반진복국(反秦復國)을 초래하게 만든 것이오. 토착 세력들의 혓바닥은 반군의 도검(刀劍)보다 더 매서운 법이오."

그러면서 그는 몇 가지 이야기를 더 꺼냈다.

전쟁이 끝났음에도 불구하고 민심을 낙관해서 병기들을 회수하지 않은 점, 토착 귀족들에게 군대를 맡겼던 점들을 말이다.

"헌데 저길 보시오."

사내가 또다시 삼합 시내를 횃불로 가리켰다.

"신국은 결코 진왕조의 전철을 밟지 않을 것이오. 그리고……."

"예. 말씀하시지요."

"신국은 단번에 반 천하를 점령한 대단한 군세를 지녔거니와, 그 강병들이 오로지 그들의 주인에게 완전한 충성을 하는 나라요."

그가 무엇을 말하려는지 느낌이 왔다.

"단 한 사람이 모든 권력을 장악하였소. 고금 역사상 이런 나라는 없었소. 이상 속에서만 있던 나라요. 단 한 사람의 말이 곧 천명인 나라인거요. 대국의 황제가 신하들의 견제를 받고 번왕들의 군사들을 두려워하고 있을 때, 신국에서는 신국의 황제가 손가락을 가리키면 모두가 거기를 바라봐야만 하오."

사내는 바로 전제정치를 말하고 있었다.

"이렇게 강맹한 나라인데, 그 나라의 앞날을 좋게 보지 않은 이유가 무엇 있겠소?"

"그렇군요."

"잠깐 이것 좀 들고 있어 주시겠소?"

문득 사내가 내게 횃불을 맡겼다.

그런 다음 그는 몇 발자국 떨어진 곳으로 걸어갔다.

그가 자세를 낮추고 수풀 속을 뒤적거리기 시작했다.

그의 허리가 더 깊숙하게 숙어졌다.

상체 전체를 수풀 속에 파묻었던 그가 갑자기 허리를 세웠다.

바로 그때였다.

쉬익!

풀잎들이 부산히 흩어져 내리는 사이로 화살이 빠르게 날아왔다.

바로 정면으로 날아오는 그것을 손쉽게 낚아채 바닥에 버렸다.

놀란 사내는 황급히 수풀 속을 다시 뒤적거렸다. 그가 거기에서 화살 하나를 찾아내, 시위에 먹이면서 나를 겨냥했다.

"단 한 사람에게 천하가 달렸소."

그가 입을 열었다.

"그 사람의 인성과는 관계없이, 그건 너무 위험한 일이지 않소?"

전에는 보지 못했던 깊고 묘한 눈동자가 나를 뚫어지라 노려보고 있었다.

시위가 완전히 팽팽해졌다.

활을 몇 번 잡아 본 적이 없었던지, 화살 날개를 움켜쥔 주먹이 부들부들 떨리고 있었다.

*　　*　　*

꽤 시간이 지났건만 내게 활을 겨누던 장천 조궁엄의 모습이 잊히지 않는다.

특히 나를 노려보던 그의 눈동자.

그 속에 자리하고 있었던 것이 살기(殺氣)가 아니라, 그토록 기다리고 있었던 현기(玄機)라서 그랬던 것 같다.

문인이면서 천하제일의 고수를 상대로 암습을 가하려 했던 그 결단력도 한몫 거들면서 말이다.

"그대의 형님에게 전하거라. 생각이 바뀌거든 위효 자를 찾아오라고."

그렇게 여지를 남겨두긴 했지만, 그가 본교를 찾아올 확률은 희박하다.

그는 애초에 정치관이 귀족 정치에 가까웠던 모양인지, 모든 권력이 단 한 명에게 집중되어 있는 체제 자체에 반

감을 가지고 있었다. 그런 인물은 본교에 융합되기가 힘들다.

그래서 그가 뚜렷한 인상을 남겼음에도 불구하고 아쉬움은 들지 않는다. 그가 마음을 바꿔 본교를 찾아오면 능력에 마땅한 일을 줄 것이나, 오지 않더라도 상관없었다.

*　　　*　　　*

사천성 대죽 인근에 관(關)이 하나 생겨났다.

대국으로 나가거나 본교의 교지로 들어오는 자들을 통제하기 위해 설치한 칠관(七關) 중의 하나인데, 그 주위로 기존에 없던 부락들이 형성됐다.

특이한 점은 그 부락민들 대부분이 이름만 들어도 알법한 큰 상인들이고, 대국의 영토에 본가를 둔 자들이라는 것이다.

그들 중에서 작게 사업한다는 자들이 군상(軍商)이고, 사업을 크게 하는 자들은 이슬람 제국뿐만 아니라 서방의 제국들까지 오가는 만리상(萬里商)이었다.

그런데 전쟁이 터졌고, 본교에서 국경을 통제하는 바람에 본가로 돌아가지 못하고 거기에 눌러앉은 격이 되어 버렸던 것이다.

이쪽 상황에 밝지 않은 사람들이 그 부락에 펼쳐진 수 많은 막사들을 본다면 군대의 진영이라고 오인하기 딱 좋았다.

나는 그곳을 이산가족 찾아 헤매는 사람처럼 돌아다녔다.

누가 장사치들 아니랄까 봐, 그 난리 통 속에서도 거대한 시장이 형성되어 있었다.

서방 제국의 기사들이 쓰는 장검, 아라베스크 문양이 새겨진 은향로, 황도에서 가져온 최상품 비단에 이르기까지.

실크로드의 거점 도시에나 있을 법한 동서양의 진귀한 보물들이 구색을 갖추지 못한 좌판에서 거래되고 있는 중이었다.

내가 한 좌판을 찾았을 때, 두 사람이 목곽에 쌓아둔 은식기를 두고 열띤 흥정을 하고 있었다.

파는 쪽은 낡은 배자를 걸친 묘령(妙齡)의 아리따운 여인이었고, 사려는 쪽은 흠 하나 없는 비단 장포를 걸친 풍채 좋은 사내였다.

"이만한 조건은 다시없을 걸세."

"제안은 감사합니다만 그건 본 단에 너무도 손해입니다. 포 대인."

"그야 저쪽으로 넘어갔을 때 말이지. 다들 치우지 못해서 안달 났네. 왜 단주(團主)만 그러나. 지금 치워도 사실 손해도 아니고. 내가 사겠다 하는 것도 전부 단주의 집안과 연이 깊기 때문이지, 내가 무슨 부귀를 누리려는 줄 아는가."

"그걸 모르겠습니까."

"팽가는 어제 떠났네."

"그렇군요."

"단주도 돌아갈 방도를 찾아야지. 가주께서 얼마나 노심초사하시겠나. 이리도 아리따운 여식의 행방을 모르시고 계실 텐데."

"대인께서 이리도 본 가를 생각해 주시는 것은 감사하오나, 상인은 손해 보는 장사는 하지 않는 법입니다. 본 단이 제안한 금액이라면, 대인께도 득이 되고 본 단에도 득이 될 것입니다."

"크흠. 잘 생각해 보시게. 내일 다시 옴세."

"살펴 가십시오. 포 대인."

팔지 않고는 못 배길걸?

사내가 돌아서며 그런 표정을 지었다.

퉤.

한편, 여인은 사내가 서 있던 자리에 침을 뱉었다. 뿐만 아니라 소리 없이 움직이고 있는 여인의 입 모양은 뒷거리 잡배들의 그것이나 다를 바 없었다.

날강도나 다름없다며 사내를 욕하고 있던 여인이 나를 보자마자 눈웃음을 말아 감았다.

가늘해진 눈 사이로 예리한 눈빛이 떠올랐다 사라졌다. 여인이 내게 살짝 눈인사를 한 다음 몸을 돌리자, 좌판 뒤쪽에 서 있던 계원이 다가왔다.

"본 상단에서는 소매를 하지 않습니다."

계원이 말했다.

"단주. 긴히 상의 드릴 일이 있소."

멀어져가는 여인의 등을 향해 말했다.

그래도 여인의 발걸음은 멈추지 않았다.

"돌아갈 방도가 있소"

다시 한 번 말했다.

"왜 이러십니까. 공자님."

나를 말리는 계원의 어깨 너머로, 여인이 고개를 돌리는 게 보였다.

여인이 다가왔고, 계원은 살짝 뒤로 빠졌다.

"저를 아십니까?"

여인이 물었다.

"초면이오."

"헌데 저를 단주라 부르시네요."

"조금 전에 흥정하던 걸 들었소."

"방도가 있으시다고요?"

"그렇소."

"따라오세요."

여인이 차가운 기운을 풀풀 풍기며 걸음을 옮겼다.

여인을 따라 몇 개의 막사를 지나쳤다.

여인이 머물고 있는 개인 막사 안으로 들어갔다.

임시방편으로 만든 처소라지만 여인의 체취를 느낄 수 있는 것은 어디에도 없는 곳이었다. 그러고 보니 그 흔한 분 냄새조차 나지 않았다.

여인의 차림새가 새삼 다시 눈에 들어왔다.

여인 정도 되는 부의 소유자라면 언제라도 비단으로 짠 옷으로 갈아입을 수 있을 텐데도, 여인은 여느 계원들과 다를 바 없이 낡고 수수한 차림을 하고 있었다.

"누구시죠?"

"위효자라 하오."

"위 공자. 그동안 많은 사람들이, 위 공자가 말한 그 방도를 가지고 있다 하면서 본 단주를 찾아왔습니다. 다들 본 단의 사정을 이용하려 들었습니다. 누구는 본 단주의 다리를 걸어 보려고, 누구는 본 단의 재물을 탐했지요."

다리를 걸다니.

여인의 거침없는 입담이 나름 신선하게 느껴졌다.

저쪽 세상에서는 자주 볼 수 있는 인물상이라고 해도, 이쪽 세상에서는 흔히 볼 수 없는 타입이 분명했기 때문이다.

"여기가 아무렇게나 선 부락처럼 보여도 나름의 법이란 게 있답니다. 돌아가시려면 지금 돌아가세요. 위 공자. 체면이야 조금 상한다 한들, 목숨까지 잃어서야 되겠습니까."

"이거 무서워서 무슨 말을 할 수 있겠소?"

여인이 살짝 웃었다.

본판이 예뻐서 웃는 얼굴도 예쁘나, 결코 선의(善意)를 뜬 미소는 아니었다.

"아니 돌아가십니까?"

"그렇소."

"좋아요. 경고는 드렸습니다. 그 방도가 무엇일까요. 혈마교에 의형제가 있는 것인지, 화산이나 달주강 쪽의 길잡이를 자청하겠다는 것인지, 그것도 아니라면 혈마군의 무구를 구해 오겠다는 것인지?"

"맞소. 혈마교에 의형제가 있소."

역시나!

여인이 피식 웃었다.

그러면서 우리가 들어온 장막 쪽을 쳐다봤다.

때가 되면, 장막 밖에 서 있는 호위무사를 부르려는 것 같았다.

스쳐 지나갔을 때 느꼈던 건인데, 여인이 자신만만할 수 있을 만큼 무공이 뛰어난 자였다.

"공자. 반 천하가 무인들의 세상이 되었다지만. 그래서 붓 대신 검을 들기로 했다면. 여기에도 해야 할 공부라는 게 있습니다. 무림이 그렇게 하찮게 보입니까."

"그럴 리가 있겠소."

"혈마교도와 의형제? 그런 말도 안 되는 소리는 집어치워요!"

여인이 빽, 하고 성질을 냈다.

그간 쌓였던 게 지금 폭발한 것인지 아니면 본래부터 이런 성격인지는 모르나, 정말로 여인은 금방이라도 터질 폭탄처럼 보였다.

"기대를 한 내가 등신이지."

여인은 내가 들으라는 듯이 작지 않은 목소리로 중얼거렸다.

"믿고 안 믿고는 단주의 마음이오."

여인은 연한 분홍빛 입술을 딱 붙인 채 나를 바라봤다.

"풍금상단이 국경을 넘도록 만들어주면, 그때 단주는 내가 원하는 것을 들어주면 되오. 상계(商界)에서 흔히 말하는 후불(後拂)인 것이오."

차분하게 말했다.

후불이라는 말에 여인이 살짝 동요하고 있었다.

"더 들어보죠. 원하는 게 뭡니까?"

"그건 국경을 넘은 이후에 말하겠소."

킥킥.

여인이 웃음을 삼켰다.

"검을 들고 계신 것만큼이나 재미있게 말씀하시는군요. 본 단의 재물을 원하시는 겁니까, 아니면 본 단주를 가지고 싶으신 겁니까?"

"단주께서는 미모에 아주 자신이 대단하신가 봅니다?"

"순진하게 무슨 그런 말씀을. 우리 집안을 말하는 겁니다."

여인이 계속 말했다.

"그게 본 단이 싣고 있는 보물들만 아니라면, 어떤 것이든 들어주겠습니다. 설사 본 단주를 넘어트리고 싶다 해도 들어드리지요. 이건 제 몸을 말하는 겁니다."

나는 피식 웃었다.

그러나 여인은 내가 울든 웃든 전혀 개의치 않았다.

살짝 화가 났으되, 약간의 기대감을 품은 미묘한 표정으로만 나를 바라보고 있었다.

"그럼 언제 조치해 주실 겁니까? 위. 공. 자."

"지금."

계속 서 있던 나는 그렇게 말하며 여인 앞에 앉았다. 그리고 여인이 보는 앞에서 붓을 들고 종이에 풍금상단이라는 단 네 글자만 썼다.

"단주에게 오기 전에 의형에게 말해 두었소. 자. 그럼이제 사람을 시켜 진채에 이걸 전하시오. 내 이름을 대면진채의 총대장과 만날 수 있을 거요."

진채로 보냈던 사람이 돌아올 때까지, 우리는 마치 약속이라도 한 것처럼 어떤 말도 하지 않았다. 여인이 이따금씩 나를 빤히 쳐다보는 것 빼고는 어떤 일도 일어나지않고 있었다.

그러던 그때, 밖에서 한 사람이 호들갑을 떨면서 들어왔다.

"단주님!"

여인은 잔뜩 눌렀다가 손을 뗀 스프링처럼 벌떡 일어났다.

"통행증이에요. 통행증!"

여인이 통행증을 낚아챘다.

그리고는 그것과 나를 몇 번이고 번갈아 쳐다보며 도무지 믿을 수 없다는 투로 중얼거렸다.

"돌아갈 수 있어. 갈 수 있어……."

비로소 여인의 목소리가 묘령의 여인답게 가냘프게 변했다.

통행증을 가지고 왔던 계원이 여인을 측은하게 바라보고 있을 때, 이 기쁜 소식을 벌써 접한 상단 사람들이 우르르 쏟아져 들어왔다.

여인의 모습은 순식간에 상단 사람들에게 둘러싸여 보이지 않았다.

잠시 뒤.

여인이 뻘겋게 충혈된 눈을 보이며 사람들 틈을 비집고 나왔다.

그녀가 내게로 걸어왔다.

"남궁화. 그게 본 단주의 이름입니다."

거래는 거래.

남궁세가의 여식이 고맙다는 말 대신 자신의 이름을 밝혔다.

*   *   *

관문을 지나쳤다.

누구는 안도의 한숨을 내쉬었고, 누구는 작지만 짧게나마 와 하고 환호성을 터트렸다.

남궁화는 그 어느 쪽도 아니었다. 누구에게도 보이기 싫었던지 애꿎은 전방에만 시선을 고정시키고 있었으나, 그 옆모습으로 촉촉이 젖어 들어가는 눈동자가 보였다.

잠시 뒤 눈물을 멈추는 데 성공한 남궁화가 내게 다가왔다.

"어떻게 한 겁니까?"

그녀는 간혹 가다 남자처럼 말했다.

남궁세가의 본가가 있는 안휘성에서 이슬람 제국까지.

이역만리가 넘는 장대한 실크로드 위에서 이제 묘령인 그녀가 겪어왔을 일들을 생각해 보면 이해하지 못할 일도 아니었다.

다만 이해가 가지 않는 것은 남궁세가의 장성한 많은 아들들은 무엇을 하고, 그 위험한 길에 이 어린 여인이 올랐었냐는 것이다.

"무슨 술법을 부린 것이죠?"

"이 많은 보물들을 가지고 집안으로 돌아가게 되었는데. 기쁘지 않소? 남궁가의 가주께서 대단한 여장부를 두었소."

"곤란하다면 더 묻지 않겠습니다."

"숨길 게 없는데 무엇이 곤란하겠소. 무슨 술법을 부렸는지 궁금하오?"

"그래요."

남궁화가 당당하게 대답했다.

"교역로에서 발생하는 세금들은 혈마교의 기반이오. 헌데 언제까지 관문을 닫고 있을 수 있겠소? 앞으로 들어갈 돈이 태산일 텐데 말이오. 해서 상인들을 대상으로 순차적으로 관문을 열어 줄 것이라고 생각했고, 의형에게 그것을 확인한 후에 단주를 찾아간 것이오."

그런 내 말에 남궁화는 어떤 대답도 하지 않았다.

내 말을 믿지 않는 듯 보였으나 사실 중요한 것은 어떻게 국경을 넘었느냐가 아니라, 국경을 넘은 사실 그 자체였다.

"그럼 왜 본 상단이었습니까? 이제 말해보세요. 원하는 게 무엇입니까? 위 공자."

남궁화가 그렇게 물었을 때, 계속 이쪽을 눈여겨보고 있던 남궁화의 호위무사가 더욱 날카로운 눈빛으로 나를 주목했다.

"본 단주에게 접근한 이유가 무엇입니까?"

"그렇게까지 말할 필요 없소."

"거래는 거래. 모르지 않습니다. 말해보세요. 위 공자."

"한 사람 때문이오."

내가 대답했다.

그러자 호위무사의 눈에서 불똥이 튀겼다. 남궁화도 예상했던 답이라는 듯한 얼굴이었다. 둘은 같은 생각을 하고 있는 것 같았다.

"본 단주와 혼인을 하여도 우리 집안에서 위 공자를 받아 주지 않을 겁니다. 그리고 위 공자가 뭔가 크게 오해하고 있는 모양인데, 사실 저는 가문에서 내놓은 자식이랍니다."

남궁화가 독살스럽게 품은 눈 속의 가시를 비쳤다. 물론 내게 향한 것이 아니란 것쯤은 알고 있었다. 남궁화가 그녀의 가문을 제 입에 담을 때마다 매번 그래 왔었으니까.

"그래도 단주의 성이 남궁이라는 것에는 변함이 없소."

내가 말했다.

"아가씨께 무례를 범하지 마시오!"

남궁화의 호위무사는 지금 당장에라도, 내게 대결을 신청할 것 같은 기세를 뿜어냈다.

"네가 끼어들 자리가 아니다."

"아가씨. 이 서생이 무리한 요구를 하고 있지 않습니까."

"위 공자가 해준 일에 비하면 그렇게 무리한 것도 아니다. 오히려 위 공자가 계산을 잘못한 것이지. 위 공자."

남궁화가 내게로 시선을 돌렸다.

"무르지 못합니다. 나중에 속았다고 하시면 안 됩니다. 아시겠습니까? ……왜 웃으십니까?"

"남궁세가의 집안사람이 될 수 있다면 무엇인들 못 하겠냐마는, 아쉽게도 그건 다음에 노려봐야겠소. 나는 이복언을 찾고 있소."

내가 원하는 사람이 남궁화가 아니라 이복언이라고 밝힌 순간, 정작 당사자인 남궁화는 어떤 표정 변화도 없었지만 호위무사는 보는 사람이 민망할 정도로 안도한 표정을 지었다.

사랑에 눈이 먼 자는 제 모습이 어떻게 보이는지 모른다는 옛말이 딱 맞았다.

"왜 남궁가에서 이가를 찾습니까."

그런데 남궁화는 이복언을 모르는 눈치였다.

그때 호위무사가 남궁화의 귀 속에 무언가 속닥거리기 시작했다.

이복언의 정체를 알아차린 남궁화가 의외라는 듯한 표

정을 지었다.

그러나 우의 장삼에 조건을 쓴 내 행색을 다시 눈여겨 보더니 납득에 이른 것 같았다.

"어디서 들었죠?"

"황실과 뭇 대신들의 화살을 막아줄 곳이 만천하에 남궁세가 말고 또 어디가 있겠소. 헌데 의외요. 그 공공연한 비밀을 정작 남궁세가의 여식이 모르다니 말이오."

"붓을 버리고 검을 든 서생이 있는가 하면, 집안 살림 팽개치고 색목인들의 땅으로 상행을 나가는 여식도 있는 겁니다. 위 공자."

"그렇지요."

"화우 선생은 왜 찾으시는 겁니까?"

"그분의 지혜를 얻고자 하는 일이 있소. 거래는 거래. 나를 화우 선생께 안내해 주시오."

"……이것만은 분명히 합시다. 위 공자."

"말하시오."

"본 단주는 위 공자가 화우 선생을 뵐 수 있도록, 할 수 있는 모든 노력을 다할 겁니다. 하지만."

"그거면 됩니다. 신의를 다하여 방도를 강구하는 것만으로도, 단주가 빚지는 건 없는 겁니다. 약조하시겠습니까?"

"약조는 무슨. 우린 이미 거래를 했습니다. 위 공자. 이젠 본 단주가 대가를 지급할 차례예요."

남궁화가 똑 부러지게 대답했다.

남궁화에게 말했던 것처럼, 화우 이복언이 남궁세가의 처마 밑에 숨어 있다는 것은 더 이상 비밀도 아니었다.

섬서성 고향으로 낙향한 유주 선생까지 그 일을 알고 있었으니 말이다.

전세지문을 통해 알아본 결과, 남궁세가주 남궁진야는 화우 선생을 죽이고 싶어 하는 세력으로부터 그를 비호하기 위해 모든 위험과 모험을 무릅쓰고 있었다.

화우 선생을 비호할 수 있는 일이라면 무엇이든 했다.

정치적, 상업적 적들에게 인적, 물적 재원들을 양보하는데 망설이지 않았고, 실제로도 천문학적인 금액을 로비 자금으로 쓰고 있었다.

뿐만 아니라 남궁세가에서 주기적으로 개최하는 무림대회(武林大會)의 실상은, 거기에서 뛰어난 성적을 거둔 낭인들을 남궁세가의 항룡대로 영입하기 위함이라고 밝혀졌는데.

전세지문에서는 그 항룡대를 화우 선생의 친위대라고 보고 있었다.

대외적으로 알려진 일련의 사건들만 봐도, 남궁세가주는 화우 선생을 위해서라면 죽음도 불사할 사람이었다.

그런 사람을 상대로 어떠한 회유도 협박도 불가능하다.

그래서 나는 풍금상단을, 화우 선생에게 데려다 줄 적토마로 선택했다.

풍금상단주의 성별과 나이 그리고 집안에서 가지는 힘과는 관계없이, 큰 위험에 닥친 인물이 있고 그 인물의 성이 '남궁'이라는 것이 내 선택을 받은 이유였다.

단언컨대 내가 남궁화에게 해준 일은 남궁화의 목숨을 구해준 것보다도, 그녀와 그녀의 가문에게 더 큰 가치가 있는 일이었다.

그럼에도 불구하고.

사랑에 눈이 먼 호위무사는 헛소리를 지껄이고 있었다.

"아가씨. 안 됩니다."

"화우 선생님의 성함이 이복언이었느냐?"

"그렇습니다."

"오래 뵌 분인데 성함도 모르고 있었다니. 내가 너무 무심하였다."

"아가씨. 제 말 듣고 계십니까."

"언제부터 네가 이렇게 끼어들었느냐. 너는 나를 지키는 검이지, 책사가 아니다."

"책사가 아니라 해도 뻔한 것을 왜 읽지 못하겠습니까. 아가씨. 저자를 데려갔다간 가주님의 진노(震怒)를 사실 겁니다."

"목소리 더 낮추지 못하겠느냐."

"많이 곤했는지 곯아떨어졌습니다. 계속 지켜봤는데 무공을 익힌 것 같지는 않았……."

"파달에 다녀온 사이에 천하가 바뀌었다. 어디에서도 이제 말조심을 해야 해."

"그래서 드리는 말씀입니다. 아가씨께서 어떤 고초를 겪으며 돌아오셨습니까. 귀하게 계실 분께서 이 조그마한 상단에 왜 몸을 맡기셨는지……. 제가 어찌 모르겠습니까."

"그래도?"

"아가씨. 드릴 말씀은 드려야겠습니다. 가주님께 화우 선생님이 어떤 분이신지, 아가씨께서 더 잘 아시지 않습니까. 더욱이 저자는 수상하기 짝이 없는데. 저런 자를 데리고 가서 화우 선생님을 거론하는 순간, 지금까지의 모든 공이 허투루 돌아가게 될 겁니다. 공은 고사하고 아가씨까지도 저자와 함께 쫓겨날지도 모릅니다. 어떻게 얻은 기회입니까."

"그렇게 수상해 보이느냐?"

"수상합니다."

"어떻게 수상해 보이느냐?"

"검집을 보셨습니까? 예사롭지 않습니다."

"명문의 자제라면?"

"명문의 자제가 아니라, 혈마교도라면 어떻게 됩니까? 팽가의 경세상단도 넘지 못한 곳을 저자 한마디에 넘게 되었습니다. 혈마교에 의형제가 있다니요. 그 말을 믿으십니까?"

"무공을 익히지 않은 것 같다 하지 않았느냐?"

"예."

"무공을 익히지 않은 혈마교도라니, 들어 본 적 없다. 넌 그들의 교리를 모르는구나?"

"압니다. 해도 혈마교의 사정을 제대로 아는 이가 누가 있습니까. 무공을 익히지 않은 교도도 있을 수 있겠지요."

"그럼 됐다. 네게도 그렇게 보이는구나?"

"아가씨."

"그동안의 네 노고가 없었다면 이런 말도 하지 않았겠지."

"예. 무엇입니까. 거래 때문이라면, 그에 상응하는 다른 것을 찾아보면 되지 않습니까."

"저 서생이 혈마교도라면 더 더욱이 본가에 데려가야

한다. 말 한마디에 관문을 움직일 수 있는 힘을 지닌 자가
아니더냐."

"혈마교도입니다. 아가씨. 혈마교도가 어떤 자들입니
까."

"세상이 변하였어. 내가 상계에 있는 한 너도 적응해
야 할 것이다. 더욱이 네 사문은 화를 입지도 않지 않았느
냐."

"사문과는 관계없습니다. 진작에 사문을 떠난 몸입니
다. 다시 말씀드리지요. 가주님께서 크게 진노하실 겁니
다."

"가주님께서 진노하신다? 너는 아직도 가주님을 잘 모
르는구나. 그리고 저 서생의 말이 진짜겠지. 혈마교에 의
형을 둔 것이야."

"저자의 정체가 무엇이든. 아가씨. 잊지 마십시오. 저
자가 원하는 건 화우 선생님입니다."

"너도 벌써 잊은 것 같구나. 나는 저 서생과 거래를 하
였고, 그것이 내게 어떤 화를 미친다 한들 그 부락에서 계
속 발 묶여 있는 것보다 못할까. 내가 전부를 버렸어도 끝
까지 버리지 못한 게 무엇인지. 너라면 알지 않느냐."

"하오면 허락해 주십시오."

"무엇을 말이냐."

"제가 저자의 정체를 밝혀내겠습니다."

"저자의 정체를 밝혀내서 무엇하겠다는 것이냐. 너는 나를 지키는 검이란 말이다."

"……아가씨를 지키려는 것입니다."

호위무사가 그렇게 말을 끝내자마자, 한 말발굽 소리가 이쪽으로 점점 가까워졌다.

나는 상단 인부들과 함께 짐칸에 끼어 있었다. 고개를 푹 숙인 채 잠든 것처럼 굴고 있지만, 짐칸 쪽으로 바짝 말을 붙인 호위무사의 뾰족한 눈길이 느껴진다.

외인을 향한 경계심이라기보단 연적(戀敵)을 향한 질시 같이 느껴지는 건, 비단 착각만은 아닐 것이다.

덜컹덜컹.

큰 돌부리에 걸렸는지 마차가 크게 흔들렸다.

아무것도 모른 체하며 눈을 떴다.

호위무사와 눈이 마주쳤다.

그때 남궁화는 상단 행렬 제일 앞에서 말을 몰며 이쪽을 쳐다보고 있었다. 호위무사를 말리긴 했지만, 그녀도 내 정체가 제법 궁금한 모양이다.

"공자. 무공을 익히고 싶지 않소?"

호위무사가 말을 건넸다.

정말 모를까?

그는 속마음을 감추는데 영 재능이 없었다. 지금 딱 그의 얼굴이 그러했다.

제8장

묵광(墨光)

　상단 인부들은 내게 다시 오기 힘들 기연(奇緣)이 왔다고 생각하는 것 같았다.

　"무공이라면 익히고 있소."

　내가 한 마디에 잘라내자 상단 인부들의 얼굴이 황당스럽게 일그러졌다.

　그들은 나를 굴러들어온 복을 제 발로 차는 바보로 바라보았다.

　인부들 못지않게, 호위무사에게도 내 대답이 예상 밖이었던 것 같다.

　쥐고 있던 검집을 말없이 들어 보였다.

"이거, 큰 결례를 범하였소. 사문이 어디시오?"

"딱히 사문이랄 것은 없고, 사천이십사검 중 한 분이신 십초검자께 검술을 사사받고 있소."

"훌륭하신 분 밑에서 수학하고 계시는군요."

호위무사는 그렇게 말했지만 정작 십초검자가 누구인지는 모르는 눈치였다.

십초검자. 사천성에서는 제법 명성이 있어도, 전국구인 양반은 아니니 말이다.

그가 말머리를 돌려 남궁화에게 돌아가자 한 인부가 내게 말을 붙여 왔다.

"그냥 모르는 체 한 수 전수받지 그러셨습니까. 공자님."

"스승으로 모시기에는 젊지 않소. 나보다 그렇게 많아 보이지도 않소만."

그 말을 들은 사람이라면 모두가 다, 피식피식 웃어댔다.

내게 말을 붙였던 인부는 목젖이 보일만큼 크게 웃었다.

"구배(九拜)를 하란 것도 아니고. 나중에 기회를 봐서 한 수 가르침을 청하세요. 공자님께서 검을 들고 다니는 이상, 그 한 수가 언젠가는 공자님의 목숨을 구할 겁니다.”

“음. 무림에서 그렇게 유명한 분이시오?”

인부가 대답을 주저했다.

그가 주변 동료들에게 눈빛으로 동의를 구하자, 다들 고개를 끄덕였다.

내 덕분에 고향으로 돌아갈 수 있게 되었기 때문인지, 그렇지 않아도 나를 대하는 것이 호의적인 사람들이었다.

“원래 이런 상단에 묶이실 분이 아니신데…… 어쨌든 한때는 검왕(劍王) 창천공의 제자 되시는 분이셨습니다.”

“검왕이라면 삼제오왕십절. 거기에서 오왕 말하는 것이오?”

“맞습니다.”

이제 그 대단함을 알겠습니까?

인부가 그런 눈웃음을 지었다.

오왕이 삼제에는 미치지 못해도 내 역용술을 눈치챌 재간 정도는 있는 자들이었다. 전 시간대에서 와해된 무림맹을 대신하여 정협맹을 세운 도왕(刀王)이 그러했으니까.

“헌데 그런 소영웅이, 왜 단주의 검을 자처하고 있는 것이오?”

“남녀의 사정을 저희들이 어찌 알겠습니까.”

“남녀의 사정이 아니라 주종(主從)의 관계로 보이오

만?"

"그렇게 말씀하시는 건, 공자님께선 서역에 가보신 적이 없기 때문입니다."

서역에 가본 적이 없다?

거기에서 시간을 무(無)로 되돌려 보낸 게 나였다. 그러나 내색하지 않고 속으로만 웃었다.

인부는 마차 끝에 달린 단기(團旗)를 바라봤다. 온갖 풍파를 맞은 그것은 군데군데 찢어져 있을 뿐만 아니라 피로 얼룩진 부분도 상당했다.

"상계, 특히 만리상 안에서는 풍기(風紀)가 엄해야 하는 법입니다."

그렇게 말하는 인부에게서 강한 자긍심이 느껴졌다. 이쪽 대화를 듣고 있던 다른 인부들 모두 또한 같은 표정들을 짓고 있었다.

단 한 번의 상행 길이었을 테지만, 그 길은 이들을 백전노장(百戰老將)으로 만들기에 충분했을 것이다.

"많이들 고생하신 것 같소."

"서역으로 떠날 때만 해도 본래 총원이 백하고도 스물두 명이었습니다. 헌데 지금은."

인부가 어깨를 으쓱했다.

"보다시피 채 스무 명도 남지 않았지요. 그래도 호위께서 계셨기에 이 정도였지, 계시지 않았다면 우린 전멸했을 겁니다. 기회가 되면 꼭 호위께 한 수 전수받으세요. 아니면 비무라도. 공자님께서 검을 드신 이상 큰 경험이 될 겁니다."

그날 이후 시시때때로 호위무사와, 어느새 그의 사주를 받은 상단 인부들의 시선이 나를 따라다녔다.

그런데도 내가 호위무사를 징지(懲止)하지 않고 있는 이유는 그가 아슬아슬하게 선을 넘고 있지 않았기 때문이다.

사람을 시켜 나를 탐문하는 것 이상으로는 지나치지 않았다.

슬슬 그것들이 귀찮아질 무렵.

우리는 중경을 지나 호북성 안까지 들어왔다.

물자를 충족하기 위해 마을에 잠깐 들릴 때를 제외하고는 마차 바퀴가 멈춘 적이 없었다. 그러니 빠를 수밖에 없었다.

옆에서 지켜 보건데 남궁화는 제법 괜찮은 리더였다. 인부들을 특전 병참대(兵站隊)처럼 다그쳐 몰아세우면서도 인망을 잃지 않은 것만 봐도 그러했다.

하긴.

이슬람 제국으로 떠날 당시만 해도 풍금 상단의 총원은 백이십 명을 넘었었으나, 지금은 스무 명 조금 넘을 뿐이라니…….

피로 얼룩진 저 낡은 단기(團旗)에서도 온갖 고초와 경험들이 느껴지는데, 그곳에서 남궁화가 어떤 성장 통을 겪었을지는 굳이 듣지 않아도 알 것 같았다.

그것은 나이와 성별과는 무관한 이야기였다.

"준비해라!"

협곡에 접어들었을 때였다. 남궁화가 외쳤다.

산수화처럼 멋들어지게 선 암벽들은 훌륭한 경관을 선사하지만, 그런 곳에 보통 어떤 가시가 숨겨져 있는지 아는 상단 인부들은 이번에도 전과 같이 움직이기 시작했다.

짐 꾸러미 밑에 감춰 두었던 손도끼와 활 등을 손에 닿는 거리 안으로 끄집어내고, 바람을 쐬기 위해 풀어 헤쳤던 옷들을 여몄다.

중경을 거쳐 호북을 달리면서 이번이 다섯 번째였다.

지난 네 번째까지는 이들의 우려와는 달리 도적들이 나타나지 않았지만 이번은 달랐다.

전방 저 앞으로 운집해 있는 기운들이 느껴지고 있었다.

역시나 딱 그쯤에 이르렀을 때.

쉬쉬쉭!

협곡 위에서 화살들이 날아왔다.

인부들은 노련한 군인 이상으로 대비를 마친 상태였다.

화살이 날아오자마자 넓은 판자를 머리에 지고, 내 옆의 인부는 고맙게도 나를 제 처마 밑으로 끌어당겨 주기까지 했다.

한편 남궁화와 호위무사는 뛰어난 마상술로 화살 세례를 피하며 이쪽으로 달려왔다.

"다친 자는 없느냐?"

남궁화가 외쳤고.

"없습니다!"

인부들이 힘 있게 즉답했다. 잘 훈련된 소대(小隊)를 보는 듯했다.

남궁화가 검으로 화살을 튕겨내며 내 쪽으로 바짝 말을 붙였다.

"보다시피 공자를 보호해줄 상황이 아닙니다. 숨던가, 본 단주의 지시에 따라 싸우던가. 택일하세요. 숨어도 비난하지 않습니다. 대답하세요. 어섯!"

남궁화가 빠르게 말했다. 지금까지와는 완전히 다른 사람으로 변했다.

특히 눈빛이 그랬다.

도망치는 병사가 있으면 권총을 뽑아 그 후두부에 거침없이 쏴버릴, 단호한 장교의 눈을 뜨고 있었다.

"싸우지요."

"좋아요. 그럼 내 지시를 따……."

남궁화의 말이 채 끝나기도 전에, 호위무사가 가로챘다.

"그래도 우리들 일이니 목숨까지 걸으라고는 안하겠소. 짐칸을 지키시고, 불이 붙으면 꺼주시면 고맙겠소."

호위무사가 빠르게 말했다.

남궁화는 호위무사를 매섭게 노려봤다가 내게 고개를 끄덕여 보였다.

"그러겠소."

화살로는 인명피해가 나오지 않자 협곡 위는 조용해지고, 잠시 뒤 우리의 앞에서 기괴한 소리가 메아리치며 가까워지기 시작했다.

이윽고 사십 명이 넘는 도적떼가 전방에서 모습을 드러냈다.

과연 인부들은 저 먼 서역에서 살아 돌아온 역전의 용사들다웠다.

조금의 틈을 놓치지 않았다.

감춰뒀던 활을 꺼내들고 시위에 화살을 먹였다. 그리고 아주 높은 적중률을 자랑하며 도적들의 수를 줄여 나갔다.

한두 번의 전투로는 결코 맞출 수 없는 호흡들이 거기에 있었다.

내가 도와주지 않아도 큰 피해 없이 도적떼를 물리칠 수 있을 것 같았다. 비록 수는 적어도 숙련된 전투 능력은 이쪽이 월등했다.

"흠……."

그런데 뭔가 이상하게 돌아가고 있었다.

백병전(白兵戰)에 돌입했는데.

인부들과 호위무사가 이루고 있는 단단한 결계를 뚫고 내 쪽으로 달려오는 녀석들이 나타나기 시작한 것이다.

"장룡, 소우도!"

남궁화가 그 사태를 파악하고 빠르게 두 명을 지목했다.

둘이 최전선에서 살짝 뒤로 빠지면서 내게 달려오던 두 도적을 활을 쏴서 쓰러트렸다.

남궁화가 보냈던 두 인부가 다시 최전선으로 돌아가려던 찰나, 한쪽이 와르르 무너져 내리며 도적들이 쏟아져 나왔다.

거기는 호위무사가 방어하고 있는 곳이었다.

아니나 다를까.

도적들 사이로 분주하게 움직이고 있는 호위무사가 보였다.

다른 이들은 싸우느라 정신이 없어 모르겠지만 나는 한눈에 보고 알았다.

호위무사가 도적들을 내 쪽으로 보내고 있었다.

의도적으로.

"하하핫……."

내 정체를 캐고 싶어 한다는 것도 진작 알고 있었고, 남궁화가 나를 세가에 데려가는 것을 몹시 못마땅하게 여기고 있다는 것도 알고 있었다. 그런데 그런 문제들로 사람을 죽이려 하다니.

내 무공이 뛰어나지 않다면 나는 여기서 죽고 말았을 것이다.

놈의 사악함에 잠깐 할 말을 잃었다.

강호에서 이런 식으로 비명횡사하는 사람들이 얼마나 많던가.

"이조. 덕산. 고삼위. 이익주!"

그러던 문득 남궁화의 낭랑한 목소리가 사방을 찔렀다.

인부 네 명이 추가로 빠지면서 몸을 틀었다. 그리고는

그들이 양손에 하나씩 들고 있던 손도끼를 내 쪽으로 달려오던 도적들을 향해 던졌다.

"악!"

마차 인근까지 달려오던 그대로, 도적들 중 누구는 후두부 누구는 등 부위에 도끼가 꽂히면서 나자빠졌다. 그 자리로 남궁화가 나타났다.

남궁화는 피가 뚝뚝 흐르고 있는 제 보검을 내게 말없이 건네준 후, 쓰러져 있는 한 도적에게로 뛰어 갔다.

빠른 속도로 도적의 뒷목과 후두부 쪽을 왼발로 밟고, 오른손으로 거기에 깊게 박혀 있던 손도끼를 뽑아 들었다.

희끄무레한 점액질과 함께 핏물이 남궁화의 얼굴 위를 와락 덮쳤지만 그녀는 조금도 얼굴을 구기지 않았다. 한 두 번 해본 솜씨가 아니었다.

그때.

도적들 틈 사이에서 나를 바라보고 있는 호위무사가 보였다.

호위무사는 나와 시선이 부딪치자마자 고개를 돌렸지만, 녀석이 날 쳐다보던 더러운 눈빛은 잔상처럼 계속 남아 사라지지 않았다.

* * *

녀석이 소란을 이용했던 것처럼, 아무도 모르게 녀석을 죽이는 것쯤은 손쉬운 일이었다.

그러나 그렇게 하지 않았다.

든 자리는 몰라도 난 자리는 안다고.

녀석이 빠진 전력을 내가 채울 수밖에 없는 상황이 오고 말 것이다.

할 수 있는 것을 구태여 하지 않을 생각 따윈 없지만, 일단은 애초 계획대로 이들과 함께 남궁세가로 조용히 들어가는 것이 목적이다.

응징은 언제든지 할 수 있었다.

녀석의 이름을 내 가슴속 살생부에 올려두는 것을 끝으로, 점점 도적 떼 숫자가 줄어드는 광경을 지켜봤다.

"무기를 버려라!"

남궁화가 외쳤다.

어느새 열 명 안팎으로 수가 확 줄어버린 도적 떼는 상단 인부들에게 포위된 채로 눈알만 굴리고 있었다.

"시키는 대로 하거라."

도적 떼 두령이 무기를 버리며 말했다.

무기를 버리는 그들의 얼굴 위로 짙은 패색이 물들었

다.

그 모습들을 보며 속으로 혀를 찼다.

"살려만 주시오. 다 먹고 살자고 하는 일이었소."

도적 떼 두령은 생사여탈권을 그들이 습격했던 상단 단주에게 맡겨 놓고도 꽤나 침착하게 말했다.

상단 단주가 묘령의 여인이라서 그러는 것 같았다. 그런데 그건 남궁화를 몰라서 하는 소리였다.

역시나 남궁화가 인부들에게 눈짓했다. 인부들이 도적 떼들이 버린 무기들을 발로 걷어찬 다음 한 명씩 맡아 등 뒤로 돌아갔다.

"소저. 살려만 주신다면 숲 깊이 들어가 다시는 도적질 따위는 하지 않고, 화전만 일구며 그날그날 살겠소. 천지 신명께 맹세……."

두령의 말이 끝나기도 전에.

"죽여."

남궁화가 짧게 뇌까렸다.

스슷.

호위무사가 남궁화의 옆을 비호같이 스쳐 지나오며 두령의 목을 갈랐다.

바로 그때 인부들은 일말의 망설임도 없이 도적들의 후두부를 손도끼로 내려찍고 있었다.

쩍! 컥!

두개골이 깨지는 소리와 함께 각기 다른 외마디 비명들이 짧게 메아리쳤다가 사그라들었다.

"어지간한 남자들보단 낫군."

짐칸에서 홀로 그 광경들을 지켜보며 중얼거렸다.

도적들을 살려두었다가는 대게가 후미에 따라붙기 십상이다. 모두를 죽이는 것이 지극히 합리적인 판단이나, 보통은 항복한 대상에게 그런 단호한 결단을 내리지 못한다.

하지만 남궁화는 달랐다.

항복한 도적 떼 전부를 가차 없이 죽였다.

그녀가 사람 두개골에 박힌 손도끼를 어떠한 표정 변화 없이 능숙하게 빼냈을 때, 나는 도적들 중 누구도 살아남을 수 없다는 것을 직감했다.

그래서 도적 떼 두령이 끝까지 항전하지 않고 무기를 버렸을 때, 혀를 찼던 것이다.

"놀라셨소? 공자."

죽어야 할 녀석들 중의 한 명을 제외하고는 전부 죽었다.

호위무사.

바로 그 녀석이 능청스럽게 말했다.

"괜찮소. 헌데 호위께서는 검왕의 문하(門下)에 있었다 들었소만⋯⋯."

말꼬리를 흘리며 입가에 비소(誹笑)를 머금었다.

녀석은 말없이 나를 바라보면서 불쾌한 기색을 감추지 않았다.

"무슨 말씀이 하고 싶으신 것이오?"

녀석이 신경질적으로 물었다.

"아무것도 아니오."

보란 듯이 큭큭 대고 웃음을 삼켰다.

"하고 싶은 말씀이 있으시다면 하시오. 소인배처럼 삭이지 말고."

찔리는 구석이 있어서 그런지, 녀석은 지금껏 보던 것과는 달리 감정이 과잉된 모습을 보였다.

"기분 나쁘게 듣지 마시오."

"말하시오."

"내게 무공을 가르칠 시간이 있거든, 호위께서 한 수 배우셔야겠소. 저분들에게 말이오."

녀석이 내 시선을 따라, 멀찌감치 떨어져서 뒤처리를 하고 있는 인부들을 힐끔 쳐다봤다.

녀석이 다시 내게로 시선을 돌렸을 때에는 내 말의 의미를 깨달은 뒤라서 얼굴이 빨갛게 달아올라 있었다.

"내 이제 막 상단에 합류한 처지라 이런 말까지 안 하려고 하였으나. 쩝, 다른 분들은 없는 시간을 만들어 내면서까지 수련을 하던데 호위는 아니 그런 것 같소. 그래서 오늘 전황이 그렇게 되었던 게 아니겠소? 호위께서 저분들처럼 자리를 잘 지켰더라면 더 수월하게 끝났을 거고, 그러면 다치는 분도 더 적었을 게 아니요."

"전황에 대해 무엇을 안다고!"

"무릇 군자란 겸양(謙讓)의 마음을 지니고 수양을 게을리 하지 않아야 하는 법이오."

"……짐칸에서 보고만 있던 게 누구였소?"

녀석이 발끈했다.

나는 웃음과 함께 손을 설레설레 저었다.

"겸양과 수양. 못난 서생이 지어낸 말이 아니라 성현(聖賢)의 말씀이니, 호위께서 새겨들으셨으면 하오. 어서 가보시오. 자리를 못 지키셨으면 뒤처리라도 힘써야 하는 것 아니요?"

녀석은 차마 일부러 도적들을 흘려보냈다는 말은 할 수 없어서, 악다문 입술만 부들부들 떨었다.

"돕지 않을 거면 비키시오. 나라도 뒤처리를 도와야겠소. 그럼 계속 성현의 말씀을 새기고 계시오."

"……."

"으샤!"

짐칸에서 뛰어내렸다.

등 뒤로 꽂히고 있는 따가운 시선을 무시하고 인부들 무리 속으로 수고와 감사의 인사를 전했다.

그들을 도와 앞길을 막은 시신들을 한쪽으로 치우고 있을 때, 남궁화가 다가왔다. 그녀의 손에는 먹을 묻힌 세필과 종이가 들려 있었다.

"위 공자. 조문(弔文)을 지어주시겠습니까."

"도적 따위에게 말이오?"

"사십 명이 넘게 죽었습니다. 공덕을 기리지는 못해도 명복은 빌어줄 수 있죠."

이것 봐라?

바로 그 생각이 튀어 올랐다.

동시에 이 귀여운 위선자(僞善者)의 머릿속에 무엇이 들어있는지 들춰 보고 싶은 충동에 휩싸였다.

"위 공자?"

그 소리에 고개를 들어보니, 피가 튀긴 얼굴로 나를 빤히 바라보고 있는 미녀가 있었다. 나는 벙 쪘던 표정을 의식적으로 지우며 그녀가 건넨 세필과 종이를 받아 들었다.

오히려 이슬람 제국의 문화는 제대로 체감했었다. 이슬람 대륙을 종횡하면서 실크로드 위 교역 도시들과 바그다드에서 머물렀다. 이슬람 문명의 요체를 느낄 수 있었다.

그러나 정작 이쪽 세상의 아시아 문화권을 중심으로 살아가는 나인데, 이쪽 문명의 집산지(集散地)를 제대로 본적이 없었다.

본산이 있는 타클라마칸 사막은 말할 것도 없거니와 청해, 감숙, 섬서, 사천 사성(四省)은 이쪽 문명의 중심지에서 비켜나 있는 이른바 중원 밖의 중원, 세외(世外)로 취급받는 게 현실이며 또한 사실이었다.

그러나 호북성의 성도인 무한은 그동안 들어왔던 대로였다.

황금장이 있던 양조도 호북성의 번화 도시 중 하나임에도 불구하고, 무한에는 비할 바가 되지 못했다.

무한은 나라 속에 새로운 나라가 있는 듯했다.

확신하건대 무한에서 아시아 문화권의 찬란한 문명을 꽃피우고 있었다.

누군들 아니 그럴까.

황학루(黃鶴樓:강남 3대 명루 중 한 곳)에서 술잔을 기울이고, 장강에 배를 띄워 시인들과 문인들과 함께 한껏 여유를 부리고 싶지 않을까.

안타깝게도 지금은 아니다. 일이 마무리되면 그때 설아와 다시 들르기로 마음먹기 무섭게, 마차는 시가지에서 빠져나와 포구로 향했다.

누런 빛깔의 장강이 유유히 흐르고, 포구에 묶인 배들은 승객과 화물들을 기다리고 있었다.

포구에서 큰 윤선(輪船)과 계약하고 돌아온 남궁화가 모두를 불러 놓고 말했다.

"아직 마음을 놓기에는 이르다. 천하가 바뀌었듯이, 장강의 판세도 바뀌었다."

"저도 들었습니다."

호위무사가 말했다.

인부들도 남궁화가 계약하러 간 사이에 들었던 것이 있었다.

그래서 썩 좋지 않은 얼굴들을 하고 있었다.

"어떻게 바뀌었소?"

내가 묻자 모두의 시선이 내게 쏠렸다.

유독 호위무사 녀석이 이제는 숨기지 않고 나를 기분 나쁘게 쳐다보는데, 남궁화도 그걸 모르지 않았다.

남궁화의 눈빛을 받은 호위무사는 멋쩍은 표정과 함께 시선을 돌렸다.

"위 공자는 장강의 사정을 잘 모를 거다. 공자도 아셔야지."

남궁화가 모두에게 말한 후, 나를 향해 말을 계속했다.

"그동안 사정을 말씀드리자면 장강수로채가 비록 흑도(黑道)라고는 하지만 무림맹과는 협조가 잘 이뤄지고 있었습니다. 그래서 각 포구에 있던 무림맹 지부에서 선주와 장강수로채 사이를 연결해 줄 수 있었고, 선단에서는 큰돈이지만 이를 지불했을 때에는 안전을 보장받을 수 있었습니다."

"헌데 달라졌다는 것이오?"

"그렇죠. 구파 일방 중 여섯 개 파가 멸문하고 봉문되었는데, 무림맹이 이전 같겠습니까. 장강수로채에서 그동안 무림맹과 협조를 이루고 있던 것도 무림맹의 영향력 때문이었는데, 이제는 무림맹의 눈치를 볼 필요가 없어졌죠."

"그럼 중원의 장강은 온전히 장강수로채의 것이 되었단 말이오?"

"그래요."

"헌데 단주는 윤선과 계약하지 않았소?"

"녹림(綠林)의 사정도 장강과 다르지 않습니다. 공자."

거기에서 호위무사 녀석이 말을 이어받았다.

"공자는 알 턱이 없겠지만 많은 눈들이 우리를 따라다

니고 있소. 본 단의 성공은 그들에게 기회요. 호시탐탐 본 단의 재화를 노리고 있을 것인데, 본 단으로서는 맨땅을 달리는 것보다는 장강의 격랑(激浪)을 타는 편이 나을 거요. 헌데 생각해보니⋯⋯."

녀석이 잠깐 말을 흐렸다.

그리고는 모두가 들으라는 듯이 약간 커진 목소리로 말했다.

"우리가 걱정할 게 무엇 있겠소. 위 공자는 국경 관문도 여시는 분이신데, 그깟 도적무리쯤이야."

녀석이 내 앞으로 다가왔다.

내 어깨에 손을 올리려 하길래, 가볍게 그의 손을 뿌리쳤다.

나는 어떤 표정도 짓고 있지 않지만 녀석은 눈썹을 구기다 피식 웃었다.

"호위!"

남궁화가 또냐?, 하는 식으로 다그쳤다.

"그게 아닙니다. 단주님. 저는 위 공자의 도움을 청하려던 것뿐입니다."

녀석이 내 쪽으로 몸을 틀었다.

"위 공자. 혈마교에 있는 의형 덕분에 본 단은 무사히 관문을 통과할 수 있지 않았소? 필시, 위 공자의 의형은 이름 높은 고수일 것이오. 수로채의 채주도 의형의 위명을 들어 알고 있을 것이니, 부탁하건대 공자가 채주와 만나 담판을 지어 보시는 게 어떻겠소?"

"호위!"

남궁화가 또다시 일갈했다.

"겸양의 마음으로 수양을 게을리 하지 않은 공자께서는, 본 단의 어려움을 그냥 지나치지 않겠지요?"

호위무사 녀석이 한 마디 한 마디 할 때마다, 비록 호위무사와 생사를 함께 해왔던 인부들마저도 표정이 좋지 않게 변해가고 있었다.

"아니 그렇습니까. 여러분?"

호위무사가 인부들에게 물었다. 인부들이 그렇다고 대답들 했다. 그렇지만 마지못해서 그러는 것이 두 눈에 뻔히 보였다.

여기에서 흥미로운 사실은, 정작 당사자인 호위무사 녀석에게는 주변의 반응이 눈에 들어오지 않고 있다는 것이었다.

호위무사가 눈을 부릅뜨며 내게 대답을 종용하고 있을 때.

저벅저벅.

남궁화가 두 걸음 걸어 나왔다.

남궁화의 걸음이 멈추는 순간.

짜악!

따귀 소리가 크게 울렸다.

"지금 네 말은 위 공자께 죽으러 가라는 소리가 아니더냐! 저번 일만 하여도……."

"소저……."

녀석이 벌게진 뺨을 어루만질 생각도 못 하는 것처럼, 남궁화를 단주가 아니라 소저라고 불렀다. 그 말에 남궁화의 얼굴이 더 바짝 굳었다.

"아직 상행 중이다. 호위!"

남궁화가 그렇게 언성을 높인 다음 내 쪽으로 고개를 돌렸다.

"미안합니다. 위 공자. 수하를 단속하지 못한 본 단주의 잘못입니다."

호위무사 녀석은 남궁화의 뒤에서 나라을 잃은 듯한 얼굴로 서 있었다. 잠깐이 지난 그제서야 따귀를 맞았다는 것이 떠올랐는지, 녀석이 덜덜덜 떨리는 손을 들어 뺨에 댔다.

"괜찮소. 내 도울 수 있으면 좋겠지만, 장강까지는 인연이 없소."

태연하게 말했다.

그러자 나를 쳐다보고 있던 호위무사 녀석의 눈에서 살기가 번뜩였다.

지난번의 그 더러운 눈빛과는 격이 다른, 무림 고수의 진정한 살기였다.

＊   ＊   ＊

운무(雲霧)에 젖은 새벽녘이면 갑판은 어김없이 수련장이 된다.

상단 인부들 같은 경우에는 이슬람 제국의 곡도(曲刀)를 견뎌낼 수 있었던 각각의 절기를 다듬고, 선원들 또한 장강의 수적(水賊)들을 상대했던 무예를 동료들과 나눈다.

갑판에 보이지 않는 자들은 남궁화나 호위무사처럼 고도의 심법을 익힌 자들이다.

하루에 두 끼가 지급되는데, 그네들은 첫 끼니인 아침과 점심 사이에 갑판으로 나왔다.

모두가 수련에 열중일 때면, 방해가 되지 않도록 뱃머리에 서서 다가오는 아침을 기다렸다.

해가 떠오르면서부터 운무가 차차 엷어지고, 종국에 그 찬란한 절경이 눈앞에 펼쳐진다.

그 순간이 좋았다.

영락없이 귀부(鬼斧)로 내리쳐서 쪼갠 것 같은 기암절벽들과 그 바위틈으로 용꼬리처럼 뻗쳐서 자란 노송들 그리고 무르익고 있는 완연한 가을의 노랗고 불긋한 색깔들이 한데 어우러져서, 두 눈 안으로 쏟아져 들어오는 바로 그 순간이 말이다.

이날도 그랬다.

세상 더 부족할 것 없던 그 순간에, 내 뒤로 은밀히 다가오는 기척이 느껴졌다.

뱃머리 끝.

누군가 내 등을 툭 하고 밀면, 나는 그대로 강물에 떨어져 버릴 위치에 서 있었다.

녀석이 내 등 뒤로 조용히 다가왔던 것도 그러기 위해서였던 것 같았다.

여기서 나를 밀어버린다 해도, 완전범죄처럼 알아차릴 사람이 아무도 없을 것이다.

하지만 녀석은 그 살심(殺心)을 막상 행동으로 옮기지 못하고 내 뒤에서 숨만 죽인 채 서 있을 뿐이었다.

정작 제 손을 더럽히기는 싫은 것인가.

슬슬 지겨워졌다.

아무것도 모르는 체 몸을 돌렸다.

"위 공자."

호위무사 녀석이 가벼운 목례를 해왔다.

순간이었지만 녀석의 얼굴 위로 아쉬운 감정이 스치고 지나갔다.

"언제 오신 거요. 기침하시지 그러셨소."

"절경에 시구 하나 짓는 것도 좋지만, 공자께서는 이제 붓을 놓고 검을 드셨지 않소?"

왜 다른 사람들처럼 수련하지 않느냐는 것이다.

"여기서는 할 수 없는 수련이오."

담담하게 대답했다.

사실이기도 했다.

심법으로는 더 이상 단전을 키울 수 없는 경지에 이르렀다.

현 상태에서 한 단계 정진하고자 한다면, 새벽에 일어나 운기조식을 할 게 아니라 세상을 유람하며 나 정도 급의 절정 고수를 찾아 그들과 겨루면 된다.

그 과정에서 명왕단천공의 정보 처리 속도가 자연히 향상될 수밖에 없을 뿐만 아니라, 한계에 달한 단전의 해결법을 찾을 수 있을지도 모르는 일이다.

나 정도 급의 강자?

여기에는 삼황이 있고, 이슬람 제국에는 다시 살아난 무트타르가 있고, 서방에는 무트타르가 말했던 대검사(大

劍士)가 있다.

그들로 부족하다면 다른 세상, 다른 차원을 찾아도 된
다.

우주는 무한하니까.

그러나 단언컨대, 거기에서 오는 성취들은 원기를 내기
만큼의 수준으로 성장시켰을 때 오는 경지에 비하면 조족
지혈(鳥足之血)에 불과할 것이다.

즉.

내가 해야 할 수련은 더 이상 여기에 없다.

카이파(영적 수련의 동반자)가 있어야 하고 그 성별
은……

'여성'이어야 한다.

"여기서는 할 수 없는 수련이라. 혈마교에는 곧 죽은
자의 백(魄)을 기운으로 삼은, 지독한 마공이 있다 들었
소. 그 마공을 익힌 자들은 장사(葬事)를 따라다니고 여의
치 않으면 생사람도 잡는다 하던데. 정말이오?"

호위무사 녀석이 말했다.

내가 대답 없이 입꼬리만 말아 감자, 녀석도 웃으면서
계속 말했다.

"수백 년간 무림을 호령하던 여섯 개 문파가 왜 부유일
기(蜉蝣一期)처럼 사라지고, 천하는 왜 반절로 쪼개졌겠

소? 이제는 감추지 않아도 되오. 혈마교에 마공이 있다 한들, 감히 누가 그걸 지적할 수 있겠소?"

"헌데 호위께서는 혈마교가 두렵지 않으신가봅니다?"

"여기는 중원이오. 공자."

"그렇소? 그리 정 궁금하면 혈마교도를 붙잡고 물어보시오. 호위."

"그렇지 않아도 지금 그러고 있는 중이오."

녀석의 눈빛이 날카로워졌다.

그러던 문득, 가벼운 사람이 외부 계단을 밟으며 내려오는 소리가 끼어들었다.

남궁화였다.

그쪽을 흘깃 쳐다본 호위무사 녀석이 내게 속삭이듯 말했다.

"위 공자. 남궁 소저는 공자에게 속고 있지만 나는 아니오. 내가 항상 지켜보고 있다는 걸 잊지 마시오."

그러나 내 표정을 본 녀석은, 녀석이 무슨 말을 하든 내게 어떤 위협도 되지 않는다는 것을 알아차린 것 같다.

녀석의 왼쪽 눈 아래 근육이 틱장애가 온 것처럼 실룩실룩거렸다.

"조만간 남궁 소저도 공자의 본 모습을 알게 될 것이오. 내가 밝히리다!"

녀석이 그 말과 함께 휙 돌아섰다. 그리고는 남궁화에게 다가갔다.

멀리서 남궁화가 내게 눈인사를 해왔고, 호위무사 녀석은 그런 남궁화를 다른 쪽으로 유도했다.

다시 혼자 풍경을 감상할 틈도 없이, 한 인부가 다가왔다.

"공자님께서 이해하세요."

이름은 장룡.

어떤 의도였던 지간에, 처음부터 줄곧 나를 챙겨줘 왔던 인부였다.

"호위께서는 명예와 재물을 다 버리고 오로지 단주님만을 따르고 있습니다. 공자님께서도 이제 보이지 않으십니까?"

"단주께 연정을 품고 있는 것 같소."

"그렇습니다. 호위께서 검왕 창천공님의 제자가 아니라, 검왕 창천공 본인이셨다 해도. 관문을 열지 못했을 것인데 공자님께서는 해내시지 않으셨습니까. 부러워서 그러는 것이니, 넓은 아량으로 그러려니 하세요. 공자님. 그리고……."

인부가 뭔가를 더 이야기하려다, 얼굴에 툭 떨어진·빗방울을 맞고 말을 멈췄다.

"잠깐 지나가는 비가 아닌 것 같네요. 이거 뱃길이 걱정입니다."

인부가 먼 하늘을 올려다보며 말했다.

"아니 들어가십니까. 공자님?"

"내 걱정은 마시고, 먼저 들어가 계시오."

"아……. 비 내리는 장강만큼 아름다운 것도 또 없지요. 알겠습니다."

인부가 대합실로 들어간 뒤로 본격적으로 비가 내리기 시작했다.

소나기처럼 거세지 않고 잔비처럼 찔끔거리지도 않는, 운치 있는 빗줄기였다.

수려한 경관을 눈앞에 두고 선녀(仙女)의 눈물같이 내리는 그 속에 있자니, 어느샌가 오랫동안 보지 못한 사람들을 떠올리고 있었다.

특히 아버지와 어머니 그리고 내 동생 영아.

입가로 아련한 미소가 그려지지만 정작 가슴은 쓰다.

내 얼굴 위로 자조(自嘲)의 빛이 물들고 있던 바로, 그때였다.

"……!"

흑천마검도 알아차린 것 같았다. 쥐고 있던 검신 전체가 부르르 떨렸다.

좀처럼 경고를 주지 않는 녀석인데!

상념을 떨쳐내며 흑천마검을 움켜쥐었다.

강한 게 오고 있다!

그렇다는 것은?

그것이 혜성처럼 떨어졌다.

콰앙!

강에서 치솟아 오른 거대한 물줄기와 함께 부러진 노들이 하늘로 튕겨져 날아갔다.

배는 금방이라도 전복될 것처럼 심하게 좌우로 출렁거렸고, 먼저 치솟았던 물줄기는 빗물과 함께 갑판을 향해 우수수 떨어져 내렸다.

그때도 배는 벌써 몇 번씩이나 뒤집힐 것 같이 높은 경사로 기울어댔다.

그 충격과는 달리, 우리가 딛고 서 있는 뱃머리는 조금도 파손되지 않았다.

놈은 착지한 그대로 나를 노려보았다.

이 일로 인해 사람들에게 내 정체가 탄로 나고 그것으로 계획을 수정할 수밖에 없게 될지라도, 녀석의 등장은 그동안의 노고를 만회하고도 남았다.

녀석이 나타나지 않았으면 내 쪽에서 먼저 방방곡곡 뒤

지고 다녔을 테니까.

"인황(人皇)."

굳이 묻지 않아도 알 수 있었다.

화난 호랑이 상에 푸른색 도복이라.

놈의 인상착의는 사천에서 혈마일군의 발목을 붙잡았던 그놈, 인황과 동일했다.

"본좌가 여기에 있는 걸 어떻게 알았느냐?"

내가 물었다.

"장강은 중원의 대천이니라."

놈이 중원 안에서 벌어지는 일이라면 모르는 게 없다는 식으로 말했다.

놈이 한 음절 한 음절 뱉을 때마다 배의 흔들림이 거세졌다.

그러나 놈도 배가 전복되는 것은 원치 않았는지, 사방으로 퍼진 기세를 짓눌렀다.

그러자 거짓말처럼 강물이 잠잠해졌다.

그 틈을 타서 대합실에 있던 사람들이 쏟아져 나오기 시작했다.

남궁화와 호위무사는 물론이고 상단 인부들과 선원들까지.

모두 약속하기라도 한 듯 우리를 향해 빠르게 모여들었

다.

무작정 불을 쫓아 날아가는 불나방처럼, 놈이 발산하고 있는 고고한 기운에 이끌리고 있었던 것이다.

"고명(高明)하신 선배님께서는 누구십니까? 무엇 때문에 그리 노하신 것입니까?"

제일 빠른 건 호위무사 녀석이었다. 녀석이 도착하자마자 이쪽으로 포권하며 물었다.

"이런 아둔한 것!"

인황이 노성을 터트렸다.

호위무사가 아닌, 무리들과 함께 막 도착한 남궁화를 향한 것이었다.

"소녀에게 하신 말씀이십니까."

남궁화도 그것을 바로 눈치채고 우리 쪽으로 더 가깝게 접근하려고 했다.

나는 더 가까이 접근하지 말라는 식으로 뒤쪽으로 손을 펼쳐 보였다.

그러자 신중한 그녀답게 바로 멈춰 섰다.

"교주."

놈의 시선이 다시 내게로 돌아왔다.

줄곧 단 일격에 놈의 목을 날릴 틈을 보고 있었으나, 놈은 지황과는 달랐다.

놈이 나를 교주라고 부르는 순간, 놈에게 쏠려 있던 모든 시선이 내게로 돌아섰다. 웅성거리는 소리가 등 뒤에서 바로 잇따랐다.

"혈마교에도 할 일이 태산이거늘, 중원에는 어찌 넘어온 것이냐. 참으로 대담하구나."

"대담한 건 본좌가 아니지. 네놈은 천황(天皇)을 데리고 왔어야 했었다. 그도 아니라면 발 잘린 것이라도 데려왔든지."

툭,

놈의 머리를 묶고 있던 끈이 끊겨 날아갔다.

화아악!

아래에서 위로 치솟은 놈의 머리칼들이 메두사의 머리처럼 분노를 머금은 채 일렁거렸다. 순식간에 주변을 장악한 놈의 기운 때문에 주변 공기는 체감할 수 있을 정도로 무거워졌다.

"위, 위 공자. 아니지요? 그렇지요?"

"아닙니다. 단주님. 저 공자가 혈, 혈마교주라니. 그럴 위인이……. 선배님께서 무슨 오해를 하시는 겁니다……. 그런 겁니다. 혈마교주가 왜 여기에……."

남궁화와 호위무사 녀석의 혼란스런 마음이 어조 속에 깃들어 있었다.

그때였다.

"전부 닥치거라!"

인황의 목소리가 산천초목을 울렸다. 놈이 날 똑바로 쳐다보며 말했다.

"교주. 구천(九泉)을 떠돌 때, 똑똑히 지켜 보거라. 혈마교의 파멸을 자초한 것이 바로 네놈이니!"

놈이 그렇게 외치며 검을 뽑아들던 찰나.

"너희 삼황이 이번에도 본좌의 수고를 덜어 주는구나."

나도 동시에 외치며 검을 뽑았다.

그 순간.

검집 속에 감춰져 있던 흑천마검의 묵광(墨光)이 비로소 일렁거리며 세상 밖으로 모습을 드러냈다.

〈다음 권에 계속〉